双葉文庫

先生と僕

坂木司

Contents

「ミステリ読むのって、初めて?」

一話

Teacher and Me ✳✳✳ Tsukasa Sakaki

先生と僕

一歩進むたびに、チラシを手渡される。そして立ち止まるたびに、声をかけられる。

「君、一年だよね？　もしまだ部活を決めてなかったら、うちに遊びに来てみない？　スキーとテニスなんだけど」

「あの、えーと……」

「こんにちは！　英語研究会です。とはいっても堅苦しいムードじゃないから、体育会とのかけもちもオッケーよ！」

「はい、えーと……」

「どうもどうも！　S大名物落研です！　人生には笑いが大切。人を笑わせて自分も笑って、楽しい大学生活を送ろうじゃあーりませんか？」

「ええ……」

大学の中庭に設置されたクラブの立て看板。ラッシュアワーもかくやというほどの人混み。次々と繰り出される早口の勧誘に、とりあえずうなずくだけで精一杯。

そんな中、背中を叩く人物がいる。ふり返ると、そこには入学して最初に出来た友人、山田順次《やまだじゅんじ》の姿があった。

「伊藤、もう部活決めたりしちゃった?」

「いや、まだだけど」

僕が首を振ると、山田は大げさなポーズで胸に手を当てる。

「あーよかった! これで俺たちの楽しい学生生活は保証されたようなもんだ」

「なんだよ、それ」

少しばかりお調子者の山田は、ぺろりと舌を出して笑う。

「俺さ、お前の部活決めてきちゃった」

「はあ? なんだよそれ、勝手に決めるなんて」

いいじゃんいいじゃん。そう言いながら山田は僕の手にチラシを押しこんだ。おどろおどろしいイラストに、古風な字体の活字。

「『推理小説研究会』……?」

「そう。俺、ブンガクとかは読まないんだけど、ミステリーはよく読むんだよ。でさ、伊藤もよく文庫本とか持ってるからいいかなって」

新入生は俺一人だし、できればお前とは同じサークルに入りたかったしさ、と山田は続ける。

「かけもちもオッケーだし、推理小説を初めて読む人でも大歓迎だって言ってくれたから、とりあえず伊藤の名前も書いちゃったってわけ」

まあ、僕だってこうして誘ってくれる友人がいるのは嬉しいし、比較的本好きな方だとも思う。けど。でも。

伊藤二葉《いとうふたば》、十八歳。人が殺される小説は読めない、極度のこわがり屋なんですけど。

ちなみにいつも手にしているのは、内容解説を吟味して選んだ「殺人の起こらない」小説か、絶対安心なエッセイといった類《たぐい》の本だ。

「ミステリーとか、あんまり読まないんだよね。恐いのとか、得意じゃないし……」

まだつきあいの短い友人を傷つけたくなくて、僕は遠回しに断ろうと言葉を選んだ。

「でもさ、伊藤だって小学生の頃とかに、ホームズや少年探偵団みたいなの、読まなかった?」

「読まなかった、わけじゃないけど……」

死体の場面が恐くて夜中に必ずうなされた、とはさすがに言えなかった。

「だったら大丈夫! 俺も面白いのとか教えるしさ、入ろうぜ? な?」

こうまでして誘ってくれる山田の気持ちが嬉しい。なので僕は、ついうなずいてしまった。

「じゃあ、入っちゃおうかな」

伊藤二葉。押しにはとことん弱い、受け身の十八歳。

流されるままに、生きています。


そんな四月の夕暮れ。

ひんやりと冷たい石造りのベンチに腰かけた僕は、文庫本を開いてため息をついた。短編集の表題作を読んだだけで、めまいがする。とにかく無理やりにでも読まなければと思うものの、僕の目は機械的にページの上を滑るだけで内容を理解するには至らない。というよりは、理解を拒んでいる。やはり、この類の小説は苦手だ。

落日と共に見えにくくなる文字を見つめながら、僕は絶望的な気分で肩を落とす。これじゃあ、サークルに馴染《なじ》めるわけがない。山田には悪いけど、やっぱり断るしかないか。

うつむいた僕の目に入るのは、赤黒く染まった公園の石畳。するとその視界に、長く伸びた影がするりと入りこんだ。

「こんばんは」

それが僕と先生の、運命の出会いだった。

＊

「大学生？」

逆光に黒く塗り潰された人物は、予想外に高い声で僕にたずねる。その人相を見極《みきわ》めようと目を凝《こ》らしても、太陽の最後の輝きが邪魔をしてわからない。

「大学生、ですけど」

「アルバイトとか、もうしてる？」

「いえ、まだ入ったばっかなんで……」

軽い口調にのって答えてしまってから、はたと気がついた。これ、結構まずいんじゃないか？　夕方の公園で声をかけてくる見ず知らずの男に、自分のことをぺらぺらと喋っていいはずがない。

「ちなみにこの近所ってことはＳ大？」

「え、あ……はい」

なにやってんだ。律儀に答える義務なんてないのに。自分に突っ込みを入れる僕を尻目に、男は明るい声でこう告げた。

「じゃあさ、よかったらバイトしない？　時給の高さは保証するよ」

ほらきた。だから都会は恐いって言うんだ。頭の中で、実家のばあちゃんの声がする。

「どうせアルバイトっていうのは建て前で、高い教材とか布団とかを買わされるに決まってるんだよ。あんたは気が弱いから、そういうのには注意しなくちゃ。もしおかしな相手に声をかけられたら、そのときは」

そのときは、なんだっけ？

『なんにも答えず、走って逃げる。それが一番』

そうだった。今からでも遅くない。とにかく走り出せ！　僕が勢いよく立ち上がると、相手は驚いたように一歩後ろに下がった。

「なに。そんなにバイト探してたんだ？」

「いや、そうじゃなくて」

またもや律儀に答えかけた僕は、その瞬間あることに気がついた。

この男、思ったよりも背が小さい。

標準身長の僕が、楽々とつむじを見下ろすことができるのだから。

「まあいいや。とにかく、ここじゃなんだからそこらへんの店にでも入って話をしようか」

立ち尽くす僕を見上げて、その男はにっと笑った。視線の角度が変わり、赤い光に照らされたその顔は。

まぎれもなく、少年だった。

＊

そこらへんの店、というのが公園沿いにあるファストフード店で、しかも声をかけてきたのが少年だとわかったおかげで、僕の気持ちはずいぶんとゆるんだ。もしかして、友達がいないのかな。そんなことを考えながら後をついてゆくと、彼はカウンターでいきなりこう告げた。

「ぼくが誘ったんだから、奢《おご》るよ」

「え？」

断わる隙を与えず、彼は僕の分のココアまで支払った。年下のくせに、やけにスマートな態度だ。こうなったら、せめてこの飲み物代くらいは話につきあわないといけないんじゃないだろうか。

トレーを運んでくる彼を見ながら、僕は考える。制服を着ているところをみると中学生、それとも高校生だろうか。しかし高校生だとしたら、かなり小柄な方であることは否めない。

全体的に線が細くて、ブレザーの胴回りやズボンのウエストがかなり余っている。そしてさらさらの茶色い髪の毛に縁《ふち》取られた小作りの顔は、まるでタレント予備軍のようにあか抜けて見えた。今どきの子供って、皆こんなものなんだろうか。

「あのさ、学生証、見せてくれる?」

「え? ああ」

言われるがままに小さなカードを出してから、また後悔した。個人情報の固まりみたいなものを、初対面でほいほい出す馬鹿がどこにいる?

ここです。

「伊藤二葉さん。ふうん、S大は本当だったんだ。しかも理数系。頭いいんだね」

「いや別に頭がいいってわけじゃ。ただ、暗記にだけは強かったから」

「暗記? なにか特別な方法でもあるの?」

「いや、なんにもない。ただ僕は、視界を写真に撮るみたいにして覚えることができるんだ」

「へえ」

ごく自然な雰囲気のまま、僕はいつの間にか自分のプロフィールを彼に掘り下げられてしまう。

「だから勉強はあんまり得意じゃないんだよ。この大学に受かったのだって、記憶力でいけるかどうか駄目もとの受験だったし」

「でも受かったからには行ってこいって言われて、上京したんだ?」

「そうそう。僕はあっちの大学でもよかったんだけど、どうせ近県だし父親が世間を見てこいって……ちょっと待って、なんで君がそれを知ってるんだ?」

「ん? カマかけただけ。だって学生証の住所がアパートだったから」

優しい顔立ちで、にっこりと笑う。しかも、よく考えたら僕はまだ彼のことを何一つ知らない。そう、名前さえも。

「あのさ、さっきから僕のことばかり聞くけどね、そもそも君の名前は?」

「ああ、ごめん。先に相手の身元を知りたかったから、わざと避けてたんだ」

最近、子供を狙った事件とかも多いしさ。そう言いながら彼は鞄からペンを取り出した。

「瀬川隼人《せがわはやと》、くん？」

ナプキンに書かれた名前を読み上げると、こくりとうなずく。

「十三歳、T学園中学校一年。ただいま家庭教師募集中」

家庭教師？　それは確かに時給の良いバイトの代名詞だけど、でも。

「僕には無理だよ。さっきも言ったとおり、大学には暗記で受かったようなものだし、人に教えるなんてとてもとても」

せっかく声をかけてもらって悪いけど。そう言って僕が笑うと、彼は首を振った。

「いいんだよ。ぼくはあなたに勉強を教えてもらう気はないから」

「え？　でも家庭教師って……」

困惑する僕に、彼は事情を説明する。

「あのさ、ぼくってこう言っちゃなんだけど、結構勉強ができるんだ。だから進学するのにこれといった問題はない」

あ、そう。

「だけどね、ぼくのお母さんはなんていうか心配性でさ。学校の授業だけじゃ進学には足りないって思いこんでるわけ。で、中学に上がったらすぐに塾へ通うか家庭教師をつけるかの二択をぼくに迫った。でも、ぼくは塾に通う時間があったら好きな本を読んでいたい」

「そう、言えばいいのに」

「母親って生き物をわかってないな、二葉さん。この場合、相手の提案を一度は呑《の》んだふりをするのが賢いやり方だよ」

ちっちっ、と目の前で指を振られて僕は軽くむっとする。悪かったね、わからんちんで。

「そこでぼくは考えた。どちらかを選ばなくちゃいけないなら、家庭教師にしよう。そしてぼくはその人と、秘密の契約を交わせばいい」

「秘密の契約?」

「うん。つまり、家庭教師のふりをしてもらうってこと」

彼は先刻名前を書いたナプキンに、自分の携帯電話の番号を書きつけた。

*

翌日、教えられたとおりに道をたどると小綺麗な集合住宅が見えてきた。同じ駅の、大学とは駅を挟んだちょうど反対側。二階建ての家が横でくっついた、タウンハウスとかいう形式の「なんちゃって一戸建て」だ。マンションよりは確実に高価そうなたたずまいに、ほんの少し気後れする。

（やっぱ、断ればよかったかなあ）

少年のおかしな誘いにのってここまでやってきたけど、なんだか釈然としない。第一、ご両親を騙《だま》してバイト代を貰うのも気がひけるし。

（うん、やっぱり断ろう）

そう心に決めた瞬間、背後から声をかけられた。

「あの、もしかして今日からいらっしゃる先生かしら？」

紅茶から立ちのぼる湯気の前で、僕はかちこちに緊張していた。

「伊藤二葉、さん？」

「はい」

僕の履歴書を読みながら、隼人くんのお母さんが小首をかしげる。淡いピンクのカーディガンを着た、とても優しそうな人だ。

「可愛らしいお名前ね。ご両親はガーデニングがお好きなのかしら」

いいえ。ただの兼業農家で兄は大地《だいち》、妹は三葉《みつば》という非常にわかりやすい名前を付けられております。などと答えるのも気がひけたので、とりあえず無難に笑っておいた。

「お母さん、伊藤さんは同じクラスの田中くんのお兄さんの友達なんだよ」

打ち合わせもなしに、隼人くんがさらりと嘘をつく。お母さんはそれをごく素直に信じてしまったようで、だったら安心ね、と微笑んだ。違います。ぜんぜん安心じゃありません。むしろ怪しさ全開です。

そんな心の叫びをよそに、事態はごく自然に進んでゆく。

「じゃあ先生、とりあえずぼくの部屋に来てよ」

隼人くんに促されて、僕はリビングを後にした。子供部屋のドアを開けると、そこは中学生男子の部屋とは思えないくらいに片づいている。アイドルのポスターもなければ、読みかけのマンガも転がっていないなんて、僕にはちょっとうさんくさくすら感じる。

(アイドルっぽい見た目の上に、私生活まで小綺麗なんて)

なにか一つくらいマニアックな部分がないかと部屋を見回すと、大きな本棚が目についた。背表紙の文字には、片仮名が目立つ。翻訳ものが多そうだ。

「すごい本だね。隼人くん」

感心して僕が本棚を眺めていると、隼人くんが不思議そうな顔をしている。

「二葉さん、もしかして」

「え？」

「ここにある本、知らないの？」

突然の言葉に、僕は困惑した。『樽』？『九マイルは遠すぎる』？なんだろう、もしかして結構有名な文学作品だったりするのだろうか。

「ごめん、海外のはよく知らないんだ」

「じゃあ、こっちは？」

本棚の一部をスライドさせると、今度は日本人作家の本が出てきた。『異邦の騎士』、『りら荘事件』、どちらも聞いたことのないタイトルだ。しかしその中に、一つだけ見覚えのあるものがあった。それは先日、僕が隼人くんと出会ったときに公園で開いていた本。

「『屋根裏の散歩者』……」

「ああ、かろうじて乱歩は知ってるんだよね」

僕のつぶやきに、彼はため息をもらす。江戸川乱歩。日本を代表する探偵小説の大家だから、とりあえず読んでおけと山田に渡された一冊だ。ということは、もしかして。

「ぼく、てっきり二葉さんがミステリ好きな人だと思って声をかけたんだけど」

ブルータス、お前もか。

「なんとか殺人事件、みたいにタイトルからしてわかるような作品は表に並べてないんだ。お母さんが必要以上に気にするから」

そう言いながら隼人くんは、奥の列を見せてくれた。見事なまでに殺人事件一色の棚。こっちを先に見ていれば、いくらミステリーにうとい僕だって気づいたはずだ。

「申し訳ないけど、最悪の人選だったかも」

僕が正直に現状を話すと、隼人くんは意外にも楽しそうな表情を浮かべる。

「じゃあさ、ぼくが二葉さんに恐くないミステリを教えてあげるよ。それから、サークルで課題が出たときには手伝うし」

「でもそれじゃ立場が逆だな。隼人くんが先生で、僕が生徒って感じだ」

「ぼくの時給、高いよ?」

「こら」

おどけて肩をすくめた隼人くんの頭を軽く叩くと、僕らはどちらからともなく笑いだした。彼となら、うまくやってゆけそうな気がする。

ともあれ、バイト代を貰う以上はけじめをつけたい。そこで僕は隼人くんに提案した。

「僕は一回二時間を目安に来る。そうしたら、最初の一時間は自習だ。隼人くんのペースで、好きに勉強をしてくれたらいい。わからないことがあったら、できる限り力になる。

それが終わったら、残りの一時間はミステリー講義でも読書でもいいよ。そのかわり、時給は普通の半額でいいから」

「わかった。ぼくはその一時間で、成績の現状維持、ないしは上昇を約束する」

これなら問題はないよね、と隼人くんは笑う。しかしそれにしたって、僕のメリットが多すぎるような気がするんだけど。

*

とりあえず隼人くんの現状くらいは把握しておきたかったので、僕は去年の成績表を見せてもらった。私立の小学校らしく、評価は五段階式のゆるいものだ。

見事な4と5の羅列を眺めていると、隼人くんが声を上げる。

「あ、思い出した」

「なんだい」

「二葉さん、写真を撮るみたいにして暗記ができるって言ってたよね」

そう。僕の唯一の特技が、画像取り込み式の記憶術だ。「覚えたい」と思ったものを五秒ほどじっと見つめるだけで、頭にインプットできる。

「ためしに、その成績表を覚えてみせてよ」

「いいよ」

僕はじっと、成績表を見つめた。一枚の紙の表面を、一枚の画像として感じるまでに二秒。そしてそれを取り込むのに二秒。保存するのに一秒。これで完了だ。

「もう終わり？」

五秒で成績表を閉じた僕に、隼人くんが目を丸くしている。

「うん。長く覚えてなきゃいけないものは、もうちょっと時間をかけて眺めるんだけどね。とりあえず覚えてりゃいいって場合は、これでおしまい」

「へえー」

それじゃ実験、と言いながら隼人くんは質問をはじめた。

「国語は？」

「5」

「理科は？」

「4」

「体育は？」

「5。ていうか君の場合、4と5ばっかりなんだから覚えやすいよ」

「あ、そうだよね。じゃあ評価内容とか聞いちゃおっかな」

いわゆる先生からのコメント部分を指しているのだろう。長文のそれを僕が本当に記憶しているのかどうか、隼人くんはいたずらっぽい表情で待っている。もしかしたら、ちょっと意地悪をするつもりなのかもしれない。そんなことを考えつつも僕は頭の中に成績表を呼び出し、手書きの欄をクローズアップする。

『瀬川隼人くんは、勉強も運動もよくできる模範的な生徒さんです。特に自由研究時間に行った討論会では、中学生とは思えないほど冷静で論理的な話し方を披露し、皆を驚かせました。人望もあり、人間関係に関しても問題はありません。ただ、先生をからかう傾向があるのでそれだけは直していきましょう』。ちなみに披露し、という字は一回間違えて修正液で直した跡がある」

頭の中の文字を読み終えると、僕はふっと息を吐いた。隼人くんは、そんな僕と成績表を交互に見ている。

「どう、合ってた?」

声をかけると、呪縛が解けたかのように喋りだした。

「……すごい！　すごいよ、二葉さん。じゃあさ、欄外に書いてあったのもわかる?」

「担任の先生の名前かな。吉岡理緒《よしおかりお》、女の先生だね。それから、左下の隅に小さな青丸がついてた。これって男子生徒ってこと？」

「大当たり！　マジすごい！『いいとも』出れるって！」

興奮した隼人くんの言葉づかいは、年齢相応な感じがして微笑ましい。

「でもそんなすごいもんじゃないよ。実際、記憶だけできても勉強ができるわけじゃないから」

「そんなもん？」

「うん。だってさ、数学だって数式を覚えるのが目的じゃないよね？　その数式を使って、どんな答えを導き出すかっていう応用の部分が大切なわけで」

なるほどねえ。腕組みをした隼人くんは、深くうなずいた。

＊

「家庭教師か。いいねえ、時給高そうで」

学食でランチを食べながら、僕は山田に聞かれてアルバイトの話をしていた。サークルをどうするかについての話は、まだしていない。

「でもさ、家庭教師ってやったことないんだよね。だから勝手がわかんなくて」

「なにお前、派遣協会とかの登録じゃないんだ?」

「うん。知りあいのつてって感じの話でさ」

まさか中学生に公園でナンパされたと言うわけにもいかないので、ここは適当に答えておく。

「だから教え方とか指導してくれる人もいないと」

「そうなんだよね」

隼人くんと秘密の契約を結んでいるから、勉強を教える義務はない。でも、できればいつでも教えられるようにはしておきたいと思ったのだ。ほら、一応大学生だし。

「じゃあさ、とりあえず参考書とか買いに行ったら? そんでそれを一緒に解けばいいじゃん」

山田の言葉に、はたと膝を打つ。その手があったか。参考書があれば、最初の一時間に隼人くんがするべきこともできるし、お母さんへの説明だってしやすい。それに「今日はここまでやりましたよ」と示すことができれば、この心苦しさも少しは薄れるような気がする。

『待ち合わせ? いいよ。どこに何時?』

隼人くんにメールを送ると、すぐに返事が送られてきた。ものすごく使い慣れている感じ。しかし、中学生に携帯電話ってどうなんだろう。僕の家は基本的に「ばあちゃんルール」がまかり通っていたせいで、子供が携帯電話を持つことは許されなかった。まあ、ほとんどの友達は近所に住んでいたから必要もなかったんだけど。

『駅ビルの中の本屋に四時でどう?』

『了解。よかったらその後お茶でも』

素早いレスポンスに、大人びた言葉。中学時代の僕が隼人くんと出会っていたら、きっと彼に憧れたんじゃないかと思う。

先に本屋に着いた僕は、参考書のコーナーでぶらぶらとしていた。するとそこに、女子高生の一団がどやどやとやってきた。狭い通路は、あっという間に女の子で一杯になってしまった。しかも彼女たちは、大きな声で喋りながら片手にはマンガ、もう片方の手にはお菓子の箱を持っている。きっと参考書を買おうなんて、これっぽっちも考えていないんだろう。

そんな中、ビニールのかかったマンガを見つめて、「あーマジこれ読みたい」と声に出す女の子がいた。多分、僕という第三者がいなかったら、ここで包装を破るつもりだったんじゃないだろうか。恐い。恐すぎる。

「ホント、マジで続き気になるんだけど」と言い続ける子に、連れの一人が「あっちで読めばいいじゃん」と声をかけた。要するに、人目につかないところまでマンガを持って移動しようということか。見られなきゃ何をやってもいいって感じがして、やっぱり恐い。

「おまたせ」

顔を上げると、女子高生の群れの向こう側から隼人くんが手を振っていた。僕が視線を向けると、何故だか女子高生までもが彼を見る。

「見て。あの子、可愛い」

「ジャニーズっぽくない？」

「ていうか兄弟？　似てないんですけど」

口々に勝手な感想をもらす女の子たちを避けながら、僕は通路を後にした。最後に「兄の方、イケてなくない？」という声が上がったのは、聞かなかったことにする。

伊藤二葉、十八歳。いまだかつて「イケてる」などとは言われたためしのない人生を送ってますから。

「二葉さん、なめられるタイプでしょ」

とりあえず移動した文庫のコーナーで、隼人くんはまた恐そうなタイトルの本を手に取っている。

「……わかる?」

「だって優しそうだもん。ていうか、人畜無害そう」

「それ、よく言われるよ。農耕民族っぽいとか」

僕がつぶやくと、隼人くんはぷっと吹きだした。

「あーわかるわかる! 狩りとかしなさそうだもん。だからぼくだって安心して声をかけたんだけどさ」

「そうなんだ」

「うん。優しそうだし、奇抜なファッションもしてないし、お母さんに納得してもらえそうだなって思ったから」

なるほど。僕は深くうなずく。実はここ数日、そのことが妙に気になっていたんだ。

そもそも、内緒の契約を守ってくれる家庭教師なんて、親戚のお兄さんあたりが適任なはず。なのに隼人くんは、わざわざ見ず知らずの僕に声をかけた。それって、彼にとってもかなりの冒険だったんじゃないだろうか。

(もし僕が、見かけよりもずっとずっと悪い奴だったら?)

想像の翼が、ばさりと黒い影を広げる。

僕と同じような顔の男が、優しそうな顔を崩さないまま隼人くんについてゆく。夕暮れに伸びる不吉な長い影。そしてあの小綺麗なリビングに上がり込んだとたん、隼人くんを殴り倒してお母さんにお金を要求する。優しそうなお母さんの顔が、恐怖に歪む。誰かを呼ぼうにも電話は離れた場所にあるし、携帯電話は男に取り上げられている。隼人くんの顔の辺りからは血が流れ、お母さんの頬には涙が流れる。やがて陽の落ちた頃、真っ暗な室内には男の笑い声だけが響いて——。

(やめろやめろやめろ！　恐いって、もう！)

僕は慌ててぎゅっと目を閉じ、大きく深呼吸をした。幸い隼人くんは本に夢中だったため、僕は怪しい顔つきを見られずに済んだ。

(……またやっちゃった)

そう、これが僕の悪い癖だ。負の想像力ばかりがやけに豊かで、少しでも不安なことがあるとすぐに悪い方へ悪い方へと妄想が走り出してしまう。

例えば、僕の目の前で中年男性が転びそうになったとしよう。すると次の瞬間、僕は彼が命に関わる病をわずらっているのではないかと思う。しかも本人は、「最近よくあちこちぶつかるな、年だな」としか考えていないのだ。けれどその事実を知らないのは本人だけで、家族は彼のことを見守っている。残された時間を有意義に生きるには、いつもどおりにするのが一番だと思ったから――。

この癖を初めてうちあけた親友は、「一種の才能だな、それは」と言って笑いだした。よく「箸が転がってもおかしい年頃」なんて言うけど、僕ならさしずめ「箸を落としただけで脳の病気を疑う心配性」ってとこだろうか。

そんな僕が、どうして人が殺される小説を読むことができるだろう？　ていうかもう、タイトルを見ただけでも勝手な物語が広がりすぎて、たまらないんですけど。

どんよりとした気分でうつむいていると、隼人くんにジャケットのすそを引っ張られた。

「二葉さん。そうっと右を見て」

言われるまま文庫コーナーの奥を見ると、そこにはさっきの女子高生たちがいる。

「雑誌抱えてるけど、その陰にマンガ持ってるんだ」

コーナーの奥は、文庫の中でも学術系の難しそうなものばかりが集められていて人気がない。しかも今、彼女たちの声はかなり控えめなものになっている。ということは。

「……万引き？」

胸がどきりとした。よく聞く話だけど、実際に目にするのはこれが初めてだ。

「多分ね」

現行犯じゃないと捕まえられないから、難しいんだよ。そう言って隼人くんはごく自然に彼女たちの方へ向かって歩きだす。

「あ、ちょっと」

悪い想像が広がる暇もないほど、素早い行動だった。

「すいませーん」

彼は大胆にも、いきなり女子高生の間に割り込んでゆく。不意をつかれた彼女たちは、軽く後じさった。その脇からは、確かにマンガが覗《のぞ》いている。

「ああ、あったあった。ごめんなさい。学校で必要な本があったから」

いぶかしげな表情の女子高生に向かって、隼人くんはにっこりと微笑んだ。それはまるで芸能人のような、完璧なスマイル。

(あれ、絶対わかってやってるよな)

すると、さもありなん。彼女たちの表情はふわりとゆるんだ。しかも駄目押しとばかりに、隼人くんは続ける。

「やっぱり年上の人ってキレイだね。ぼく、お姉さんたちのいる高校に入りたいな」

おい。それはやりすぎじゃないんですか？　呆気《あっけ》にとられた僕が口をぱくぱくさせていると、女の子の一人が笑顔で手を振った。

「そうなったらマジ嬉しいけど、あり得ないから」

「どうして？」

「だってうちら、女子校だし」

じゃあね、ジャニーくん。女子高生はそう言いながら去っていく。そして恐ろしいことに、彼女たちが去った後には数冊のマンガが置き去りにされていた。隼人くんはそのマンガを手に取ると、よく整った眉をひそめる。

「けちくさくて、下らない。だから現実の犯罪って嫌なんだ」

さっきは「キレイなお姉さん」とか言ってたくせに。まるでジキルとハイドのようにがらりと変わるキャラクターを目の当たりにした僕は、驚きを隠せなかった。

「ミステリーを読むのは、そのせい？」

「まあね。少なくとも小説の中の犯人は、自分の犯罪に自覚的だし」

「ああ、そういうことか」

マンガのコーナーへ行き、本をもとの場所に戻しながら隼人くんはぶつぶつと文句を言う。

「だってさ、万引きしたってたいして儲《もう》かるわけじゃないよ？　しかも罪のないお店の人を困らせてさ、馬鹿だよね。ぼく、馬鹿が一番嫌いなんだ」

顔も頭もいいだけに、なんというか容赦がない。

「食うに困ったり、恨みゆえの犯罪ってのは理解できるよ。あと、何かの思想のためってのもわかる。でも、万引きってただのスリル、ただの快感だよね。そういうの、ホントしょぼい」

「だから止めたんだ」

「うん。見たくもないからさ」

薄い茶色の髪をかき上げてから、隼人くんは僕を見た。この正義感の強さと行動力。まるで彼自身が、小説の中に登場する少年探偵のようではないか。しかしそんな僕の感動は、コンマ一秒で打ち砕かれる。

「ぼくだったら、もっとうまくやるのに」

「え？」

一瞬、耳を疑った。けれど隼人くんは、ごく真面目な表情で僕を見ている。

「犯罪は、エレガントであるべきだとぼくは思うんだけど。二葉さんはどう思う？」

天使かと思ったら悪魔だった。というのは言いすぎだとしても、とんだ子に関わってしまったものだとは思う。無人の参考書コーナーで本を選びながら、僕は隼人くんの横顔を盗み見た。いたずらに長く伸びた睫《まつげ》。そして綺麗な二重のまぶた。神様は、不公平だ。

「これでいいかな」

候補の中から見やすい一冊を選んで、レジに向かう。隼人くんも自分が欲しかった文庫本を持って、先に会計を済ませた。次に僕が財布を取り出すと、すかさず隼人くんが告げた。

「すいません、領収書下さい。宛名は瀬川。参考書代として」

必要経費なんだから、後で払うよ。彼の言葉に僕は、ただうなずくしかない。どっちが年上なんだか。

帰る間際、雑誌のコーナーで僕は気になる特集を見つけて立ち止まった。赤い字で大きく書かれたそのタイトルは『大地震は必ず来る！　生き残りの分かれ目。そのときあなたは？』。富士山を望む県に生まれた僕としては、見ないわけにはいかない。

「どうしたの？」

「ちょっと見てみたいのがあるんだけど、いいかな」

「いいよ。じゃあぼくもそこらへん見てるから」

隼人くんはぶらぶらとファッション雑誌の方へ歩いていった。僕は災害時に必要な物リストのページを開いて、記憶に取り込む。一、二、三、四、五。完了。明日あたり、色々買いにいかなければ。

「おまたせ、って何読んでるんだい？」

肩越しに覗くと、なんと隼人くんはギャル系の雑誌を食い入るように見つめている。見出しは『春のモテ服☆』だけど、そういう女の子が好みなんだろうか。

「二葉さん、これなんだと思う？」

彼の指先をたどると、誌面に貼りつけられた紙切れが目に入った。

「付箋《ふせん》……？」

ひらひらと揺れる黄色い紙に、何かが書いてある。よく見るとそこには090で始まる携帯電話の番号と、『おこづかい欲しい子、かけて』の文字。

「女子高生、それもギャル系のにしか貼ってないみたい」

「他のも見たんだ？」

「うん。OL向けや主婦向け、あとは同じ女子高生向けでもテーマが絞ってあるような雑誌もめくってみたけど、ないみたい」

つまりこの付箋は、特定のターゲットを狙って貼られたものだということになる。そして『おこづかい』ときたら……。

「援助交際、かな」

僕がつぶやくと、隼人くんはぱたりと雑誌を閉じる。

「ホント、くっだらないよね。こんなの、壁の落書きレベルだよ。109のトイレにでも貼っとけって感じ」

喉渇いちゃったから、そろそろお茶にしようよ。歩き出した隼人くんの後を、僕は慌てて追いかける。それにしても、驚いた。この駅ビルは僕も毎日のように通る場所だけど、今まではこんなこと、気づきもしなかった。なのに。

(万引きに、援交?)

がらりと色を変えた景色を前に、僕は混乱していた。パステルカラーから、モノトーンへ。見慣れた穏やかな町の中から、僕の知らないもう一つの町が姿を現す。存在はしていたのに目に入らなかったものごと。隼人くんは、それを僕の前に引きずり出してみせたのだ。


裏道まで知り尽くした都会の猫。隼人くんを見ているとそんなイメージが浮かんでくる。とはいえセルフサービスのカフェで注文をし、素早く席を見つけて僕をふり返る姿はご主人様を待っているようでちょっと可愛いのだけど。

「ところでさ」

カフェラテを前にして、彼は首をかしげる。

「さっきの付箋、やっぱりおかしいと思うんだよね」

「おかしいって、どういうことだい？」

「だってさ、もし援交目的だったら効率が悪いよ。雑誌なんて、二週間もすれば店頭から消えるわけだし」

そう言われれば、確かにそうだ。

「しかも犯人は、まず最初に書店の人の目を盗んで付箋を貼らなきゃいけない。そんな危険を冒してまで、することかなあ」

牛乳の泡をスプーンですくっては、ぺろりと舐める。そんな仕草も猫っぽい。

「だったら隼人くんが言ったように、落書きの方がまだましかも」

「だよね。じゃあさ、逆はどうだろう」

「逆？」

「そう。つまりあの付箋があの場所にあることのメリットを考えてみるんだ」

自分のカップに砂糖を放り込みながら、僕は考える。

「雑誌に貼る意味があるとしたら、それはきっと対象の絞り込みなんじゃないかな。その、自分好みの女の子が集まりやすいようにするとか」

「うん、それはあり得ると思う」

「あと、場所に意味を持たせるなら本屋じゃなくて駅がポイントだったらどうだろう。この駅を利用する学生は多いし」

「そうだよね」

僕の意見に何か思うところがあったのか、隼人くんはくいっと顔を上げた。

「ところで二葉さん、付箋に書いてあった電話番号、覚えてる？」

「ああ。覚えてるよ」

たった十一桁《けた》の数字くらい、暗記をするまでもないし。そらで言ってみせると、隼人くんはにっこり笑う。

「ぼく、その番号に電話してみようと思うんだけど」

「え？」

僕は飲みかけのカップを取り落としそうになって、すんでのところでつかまえた。今、なんて言った？

「だって気にならない？　どんなおっさんがあのメモ貼ったのか」

気にならない。絶対に気にならない。僕が目を白黒させていると、隼人くんは残りのカフェラテをぐっと飲み干した。

「大丈夫。別に犯罪に関わろうとかは考えてないから。もしマジでヤバそうだったら、あの付箋を店の人かお巡りさんに渡して終わりにするし」

ごく軽い調子で話す隼人くん。まるであの付箋は、友達との伝言ゲームだ、とでも言うように。しかしあの内容は、下手すると万引きなんかよりももっと犯罪に近い気がする。例えば、「おこづかい」なんていうのはただの隠語で、本当は麻薬かなんかをやり取りしているんだとしたら？　最近では、主婦や高校生にも広まってるってニュースでも言ってたし。そんな物騒な所へ電話をかけたりしたら、逆探知された上に逆恨みで殺されたりするかもしれない。

（恐い恐い！　駄目だって、ホント！）

またもや悪い想像で頭が一杯になった僕は、必死で冷静な声を出してみせる。

「いやいや、電話する前にお巡りさんだよ」

しかし僕の言葉などどこ吹く風で、隼人くんはトレーを持ち上げた。

「ほら、二葉さんも早く飲んで。行くよ」

年上の威厳、というものは存在しなかったのだろうか。なすすべもなく駅のコンコースに連れて行かれた僕は、少し投げやりな気分で携帯電話を取り出す。電話一本で気が済むなら、かけたっていいか。

しかし隼人くんは、そんな僕の手を制した。

「違うよ、二葉さん。携帯は使わない」

そう言って、突き当たりにぽつりと佇む公衆電話を指さす。携帯電話の普及に押されたせいか、緑の電話はコインロッカー脇の目立たない場所に設置されている。

彼に指摘されて、僕は今さらながらに気づいた。携帯電話じゃ、相手に自分の電話番号を教えてしまう可能性があるじゃないか。アパートに電話を引かず、携帯電話をメインとして使っているとそういう感覚が鈍るものだ。

「そうだよね、危なかった」

財布からテレフォンカードを出して、隼人くんは機械に滑り込ませる。

「本当の援交だったらむしろ別にかまわないんだけどさ、まだ相手の目的がわからないからね」

どうやら彼も、援助交際が目的ではないという可能性を考えていたらしい。その上で公衆電話を選んだのだから、僕なんかよりもよほどしっかりしている。

「一番ありがちなのは、ワン切り系の有料電話につながるパターンかな。じゃなきゃギャル狙いのプチホスト?」

「プチホスト、ってなに?」

「本物のホストクラブって高いでしょ。だから女子高生の出せるくらいの金額で動く、ヒモみたいな人のこと」

ま、レンタル彼氏とも言うけど。中学生の口から、信じがたい単語がぽんぽん飛び出す。都会ってやっぱり恐い。僕は瞬間的に、ばあちゃんの顔を思い浮かべてしまった。僕の心の中で、ばあちゃんの顔はなぜか魔除《まよ》け効果がある。

「でも、なんでそんなこと知ってるんだい」

「うん？　なんかネットで見たことあっただけだよ」

ネットも恐い。好奇心にはリミッターがかけられないのだから、知りたいと思えばどんなことだって調べられる。

「残る可能性としては、頭の悪い本当の援交希望者か、あとさき考えない単なる変質者。さてどれでしょう？」

番号を押して、受話器を耳に当てる。とても楽しそうなその表情に、僕は複雑な気分になった。

（ミステリーが好きなんだから、探偵ごっこが好きで当然だ。けど、こういうことを遊びにしてるのって、やっぱ問題だよなあ）

隼人くんの将来が著《いちじる》しく不安に思えて、僕が口をはさもうとしたその瞬間、人差し指が立った。声を出さないで。彼の目が言っている。電話の向こうには、誰がいるのだろう？

結局、一言も喋らないまま隼人くんは電話を切った。

「誰か出たのかい？」

たずねると、難しそうな顔でうなずく。

「うん。携帯から転送で、お店につながったよ」

「古本屋さんに」

＊

古本屋、と聞いて肩から力が抜けた。

「もしかして、番号間違いかな」

僕が苦笑しながら言うと、隼人くんは壁に寄りかかって腕組みをする。

「間違いじゃないと思うんだけど」

「どうしてだい」

「ぼくが無言でいたら、相手はこう言ったよ。もしかして、おかしな付箋を見て電話をかけてこられたんじゃないですか。よくかかってくるんですけど、うちの番号と似てるらしいですね。でも残念ながら、うちはただの古本屋ですからおこづかいは稼げませんよ、だって」

では相手も被害者だったということか。

「うーん、でもなーんかおかしいような気がするんだよね」

通り過ぎる人々を眺めつつ、僕はため息をついた。彼の好奇心は、まだ収まらないらしい。

「二葉さんの記憶を疑うわけじゃないけど、やっぱりもう一度あそこに戻ってもいいかな」

確かめたいことがあるんだ。そう言われると、逆らう理由がなかった。夕食にはまだ間のある時間だし、暇な大学生の僕に予定はない。

本屋に戻って、再び雑誌のコーナーを見渡す。きらびやかな表紙に、意味不明の言葉が踊っていた。なんだ?『キメキメコーデ』って。手に取るのも気がひけるような雑誌を、とりあえずぱらぱらとめくってみる。すると後ろの方のページに、例の付箋が現れた。数字の並びを頭に入れて、次の雑誌を開く。数字の並びは変わらなかった。

「やっぱり間違ってなかったね」

同じように雑誌を開いた隼人くんが、隣で囁《ささや》いた。

「間違ってないってことは、全ての付箋には古本屋さんの電話番号が書いてあるってことになるよ？」

その言葉の意味がよくわからないまま、僕は彼に促されて違う売り場に移動する。そこはやはり人気のない地図のコーナーだった。

「つまりさ、あれはあれで合ってるってことだよ」

控えめな声で、隼人くんは説明する。

「合ってる、って？」

「まだ理由はわからないけど、でも貼ってある内容の全部が全部間違ってるなんておかしいよね？　だとしたら、あの番号は正しいんだって考える方が自然だと思うけど」

わざとらしく日本地図なんかを広げて、僕はうなずいた。

「確かにそうかもしれない。その考え方でいくと、古本屋の店主が交際相手を求めてるってことになるけど」

でも、好みがギャル系だからってあんなことまでするだろうか？　女子高生とつきあいたいなら、もっと他に手だてがありそうなものだけど。

「それで電話がきて、さっきみたいに相手が女性だとわからないときは、間違いだって言うのかな」

隼人くんは住宅地図を見るふりをしながら、雑誌のコーナーをうかがっている。するとそこに、ベージュの制服姿の女子高生が現れた。二人で喋りながら、例の雑誌をめくっている。もしかして見つけるかな。そう思った矢先に一人の手がぴたりと止まった。

(あ、見たな)

瞬間、戸惑ったような表情の後に、彼女は連れの友人に声をかけた。同じ誌面をのぞき込む友人。そして彼女は携帯電話を取り出し、番号を素早く打ち込んでから雑誌を閉じた。

「ちょっとあの人たち追ってみよう。多分、店を出たらすぐに電話するよ」

「追うって、そんな……」

探偵ごっこは、いつの間にか尾行ごっこに形を変えていたらしい。僕は慌てて地図を棚に戻すと、さっさと歩き出した隼人くんの後を追った。

彼女たちは、隼人くんの言うとおり店を出てすぐの通路で電話をかけようとしている。好奇心からなのか、それとも本当におこづかいが欲しいのか。どちらにせよ、危ないことに手を出しているという雰囲気は感じられない。彼女たちも隼人くんも、ごく当たり前の顔で怪しい電話番号に電話をかけている。僕にはそれが理解できなかった。

(僕の家の近所だったら、まず子供が大騒ぎをした末に、大人に知らせるだろうな)

隼人くんの整った横顔を見つめて、僕はなんともいえない気分になる。これは、田舎の子が純朴だとか都会の子はすれてるとかいう以前の問題だ。もし僕が彼の家族だとしたら、きっと毎日が不安でたまらないと思う。彼のお母さんは、果たして彼のこんな表情を知っているのだろうか。

そのとき、通路の斜め向かいから動向をうかがっていた隼人くんが、ぴくりと反応した。

「なんかメモってる」

見ると、通話を終えた女子高生が連れとひそひそ話をしながら、手帳にペンを走らせている。ラメのついた派手なシャープペンシルは、離れていてもよく目立った。

「同じ番号を打ち込んだはずなのに、彼女たちは相手と会話が成立してるんだ」

しかもメモを取るってことは、何らかの情報が伝達されたことを意味するよね。隼人くんは興奮した面持ちで僕を見上げた。

「待ち合わせの日時でも決めたのかな」

「かもね。そこまでは追えないけど。でも古本屋の店名はわかってるから、阻止しようと思えばできるよ」

窮地《きゅうち》に陥《おちい》った女性を救う、というのは古今東西ヒーローの基本だ。それは探偵でも同じこと。確かシャーロック・ホームズも、明智小五郎もそうだったんじゃないかな。しかし。

「でもさ、あのひとたちも好きでやってるんでしょ？　だったら別に関係ないや」

「……え？」

隼人くんにさらりと言われて、僕は再び混乱する。

「女の子をお金で買いたい人と、お金で買われてもいいって人が意見の一致をみただけだもん。ぼくが関わる余地はないよ。ま、下品でせせこましいから積極的に見たくはないけど」

「いや、まあ。そう言っちゃうと身も蓋《ふた》もないよね……」

関わるべきか、放っておくべきか。自分だったら無限に悩むであろう分かれ道を、彼は一瞬で選ぶ。

「ただ、本に付箋を貼るのだけは止めてもらいたいね。本を見てるその気のない人や、本屋さんに迷惑だから」

なんだったら、今貼ってあるのだけでも剝《は》がしちゃおっか。踵《きびす》を返して本屋へと向かおうとする隼人くんを、僕は制した。女子高生の動きが、おかしい。

「見て。彼女たち、何をやってるんだろう」

二人の女子高生は、通路を移動してコインロッカーのそばまで来ていた。そこはさっき、僕と隼人くんが電話をしていた場所だ。

「着替え、かな」

人通りが少なく、目立ちにくい壁際で彼女たちは制服の上着を脱いでいる。一人は鞄から取り出したカーディガンをはおると、セミロングの髪をひとくくりに束ねた。そしてもう一人はそのままブラウス姿になり、袖口をまくり上げる。最後に鏡を見ながら、マスカラと口紅を塗りたくって二人は歩き出す。

「化粧直し？　にしても濃い化粧だよなあ」

げんなりとした気分で、僕は二人の後ろ姿を見送る。しかし、彼女たちは出口ではない方向に向かっていた。

「駅を出ないのに、服装を整えた。てことは、待ち合わせがこの近くなんじゃない？」

つまり、このまま彼女たちを見ていればそこに相手の男が姿を現すということか。僕はこれまでの経験を踏まえた上で、横目で隼人くんにたずねた。

「……見る？」

彼が力強くうなずくのに、コンマ一秒もかからなかった。

＊

しかし僕らの思惑《おもわく》とは違い、女子高生たちは再び本屋に足を向けた。

「なんか今日は、本屋と駅ビルの中をぐるぐるしてばっかだね」

「本当だよ。きっと僕たち、すごく暇な兄弟に見えてるんじゃないかな」

「兄弟、かあ。二葉さんは兄弟がいるの？」

「いるよ。兄貴と妹が。兄貴は乱暴でいつも僕にヘッドロックをかけるけど、妹は大人しくて可愛いんだ」

口に出すと、家業を継いだ兄の逞《たくま》しい腕と、妹の控えめな視線が頭に浮かぶ。やだやだ。実家を出てまだひと月だっていうのに、早くもホームシックみたいじゃないか。

「いいなあ。ぼく一人っ子だから、そういうの憧れてるんだ」

女子高生に視線を注ぎながら、隼人くんがぽつりとつぶやく。出会ってから初めてみせる、寂しげな表情だった。

「もしよかったら……」

僕が兄貴になろうか。そう言いかけたとき、隼人くんが素早く顔を上げた。

「二葉さん、悪いんだけどあるものを記憶してくれないかな」

隼人くんに指示されるまま、僕は本屋の情報掲示板の前に立つ。一、二、三、四、五。取り込み完了。しかしこれに何の意味があるのか、僕にはわからない。

彼の元に戻る頃、女子高生は例の人気のない文庫コーナーにいた。先刻の万引き犯と見事なまでに同じ場所だ。後ろ暗いところがある人間が集う場所は皆同じなのかよ、と突っ込みを入れたくなる。しかもご丁寧なことに、彼女たちもまた雑誌を小脇に抱えていた。さらにさらに、もっと質《たち》が悪いのは手持ち鞄の蓋が「ここに本を入れて」とばかりに大きく開いているところだろう。

（なんかもう、女子高生不信になりそう）

しかし隼人くんは、ごく冷静な表情で僕をふり返った。

「あのさ、二葉さん。今からぼくがわざとらしくあのひとたちにぶつかって本を落とすから、そのタイトルを見てくれないかな」

そう告げるやいなや、軽い足どりで駆けだす。片手に携帯電話を持って、楽しそうに声を上げているのはわざとだろう。友人と会話するふりをしながら、前も見ずに走っている姿はごく自然だった。

（役者魂、って感じだな）

礼儀知らずの子供を装《よそお》って、隼人くんは棚の角を曲がるときも減速しない。そのままのスピードで狭い文庫コーナーに突っ込むと、小さな悲鳴が上がった。

「ちょっと、なにすんの」

尻餅をついた女子高生が、むっとした顔で彼を睨《にら》んでいる。その周りの床には、手の中にあったであろう本が散らばっていた。そしてさらに、巻き添えをくらったもう一人の女の子もまた体勢を崩していた。落とさないまでも、腕の中にある本のタイトルが覗いている。三、四、五。はい完了。

本は合わせて十冊。半分以上がマンガだったけど、一回の万引きにしては結構な数だ。しかし不思議なことに、それぞれのマンガは巻数がばらばらで統一感がない。

（しかも少年マンガも入ってるし、読書傾向がわけわかんないな）

並んだタイトルを頭の中で追っていた僕は、はたとあることに気づいた。信じられない。でも、なんで？

ごめんなさーい、と腰を折る隼人くんは「もうマジムカつく」と怒る女の子に手を貸している。驚いたままその光景を見ていた僕に、彼は視線を合わせてきた。顎《あご》が、情報掲示板の方を示している。僕が激しくうなずくと、隼人くんは目線で了解した。

「ホント、すいませんでしたあー」

野球少年もかくや、という勢いで隼人くんは頭を下げる。そして店内を大回りしてから、僕のそばに戻ってきた。

「あれ、一致してた？」

「うん。でもどうしてなんだい？　僕には理由がさっぱりわからないんだけど」

「ぼくにもわかんないけど、ちょっとカマをかける価値は出てきたと思うよ」

こそこそと喋りながら、隼人くんは僕のジャケットを引っ張る。

「二葉さん、これ脱いで。そんでシャツの胸元でっかく開けて。ついでに眼鏡とか持ってると最高なんだけど」

急に何を言い出すのか。僕は驚いて目を丸くした。

「はあ？　なんだよそれ」

「いいから。急がないとあの二人、帰っちゃうよ」

押しにはとことん弱い。そんな僕は言われるがままにジャケットを脱ぎ、シャツのボタンを三つ開けた。これじゃまるでホストかイタリアン親父の胸元だ。眼鏡は授業のときだけかけるものがあったので、それも装着。

「ああ、オッケーオッケー。いい感じ」

手を叩くふりをして喜ぶ隼人くん。一体僕に何をさせようっていうんだ？

「イメチェンだよ。さっきあの二人もやってたでしょ？　人の印象なんて、上着の色一つで簡単にごまかされちゃうもんだよ。通りすがりの相手なら、なおのことね」

上着を脱いで、カーディガンをはおる。あるいは髪型を変えて化粧を濃くする。あの二人の行動には、そんな意味があったのか。

「でね、二葉さんにはあの二人のところに行って、これから言うことを伝えてきてほしいんだよ」

「ええ？　僕があ？」

「だってぼくみたいな子供が言ったって、説得力がないもん」

内容がどうであれ、年下の子供から聞いた話なんて軽く流されそうでしょ。そう言われると、理屈としてわかるだけに口答えがしにくい。

「それに、もしぼくの推理が当たってなくても、万引きの抑止力にはなると思うから」

どっちにしても人のためにはなるからさ。半ば無理やり納得させられて、僕は彼からの伝言を頭に記録した。ポイントはいかにも「わかってる」風に低い声で喋ること、だ。

がちがちに緊張しながらも、一歩ずつ何気ない風を装って彼女たちに近づく。まだ人気のない通路にいてくれたからよかったけど、それでも小心者の僕にとっては相当勇気がいった。

「君たち」

僕の声に、一人が顔を上げる。真っ黒なマスカラに縁取られた目が恐ろしくて、つい目をそらしそうになった。いきなり張り手を出してきそうな、好戦的な雰囲気は恐すぎる。

「なに、あんた」

猛獣から目をそらしたらやられる。僕は恐怖心を押し隠して、ぼそりとつぶやく。

「その脇に抱えてるの、電話で言われたやつだろう」

この台詞を聞いたとたん、二人の表情が目に見えて変わった。不安と怯え。そして強烈な警戒心が、きつい視線となって僕に注がれる。しかし逆に、この反応は隼人くんの推理の正しさを裏付けているようにも思えた。

僕は、跳ねまわる心臓を必死に抑えながらも彼の言葉を伝える。

「あの古本屋、近々摘発されるよ」

*

女子高生たちの表情が凍りついた。理由はわからないが、これはビンゴだろう。

「あの古本屋が摘発されたら、店主の携帯も洗われる。すると自動的に君たちの身元も割れることになる。見たところ、今日が初めてみたいだから言い訳のしようはあるがな。どうだ、言い訳をする気はあるか？」

二人はこくこくと首を縦に振った。僕は出せる限りの低い声で、彼女たちに告げる。

「一回の通話記録だったら、『雑誌の付箋が気になってかけてみただけなんです』で済む。わかったら、本を置いてこのことは忘れろ。それと、この近辺の本屋はこれからマークされるから、気をつけるんだな」

「は、はい」

怯えた表情の二人に背を向け、僕は隼人くんと示し合わせた場所へと向かった。はたして僕は、上手くやれたのだろうか。

「お疲れさま」

パン屋の奥にあるカフェで、隼人くんは手を振った。ファストフードやガラス張りのカフェでは、帰り際の彼女たちと顔を合わせてしまうかもしれないと選んだ場所だ。

「見てたよ。二葉さんも演技うまいじゃん」

「なに言ってんの。もう心臓バクバクで死ぬかと思ったよ」

お腹がへったのか、カレーパンを片手に隼人くんは笑う。

「でもさ、あの反応からすると十中八九当たってたね」

安心したせいか、僕も軽く空腹を覚えたのでシナモンドーナツを頬張った。

「じゃあそろそろ教えてくれないか、あの伝言の意味を。というより、古本屋をめぐって一体何が起こっているのか」

「うん。説明しにくいんだけどさ、ぼくが思うにあれは、古本屋からの万引き依頼だったんじゃないかな」

「万引き依頼、だって？」

あまりのことに、僕は一瞬頭がうまく働かなかった。だって意味がわからない。そもそも、古本屋が万引きを依頼して本を仕入れるなんてワリに合わないんじゃないだろうか。店主が自分で盗んでくるなら元手はゼロだけど、誰かに頼んだらその時点でバイト代や買い取り代がかかってしまうわけだし。

それに、依頼を受けた方だっておかしい。盗みなんて、普通にバイトするよりは絶対儲けが少ない。しかも盗む品が品だ。僕も本を売った経験があるけど、あれは本当にたいしたお金にならない。

「つまりはハイリスク・ローリターンな行為だよね。なのに、なんで彼女たちは手を出したんだろう。スリル以外に、何か目的があったのかな」

「目的は、やっぱりお金だと思うよ」

「……どういうことだい？」

混乱する僕の前に、隼人くんは勉強用のノートをばさりと広げた。

その拍子にドーナツのシナモンが舞い上がり、甘い香りが漂う。

「あの古本屋はきっと、新刊の買い取り率が異常に高いんだ」

「でもどうして？　買い取り率が高いなら、わざわざ盗んできてもらう必要性なんてないじゃないか」

「それが、あるんだよ」

ココアを脇に退けて、隼人くんはなにやら描きはじめた。見ると、簡単な地図らしい。図には「古本屋」と「チェーン店」という印が書き込まれている。

「古本屋の名前は最初の電話でわかってたから、さっき住宅地図で場所を調べてみたんだ。そしたら、この古本屋のそばには大規模チェーンの古本屋が建ってた。違う会社の地図にはまだ載ってなかったから、最近出来たんだろうね」

「大手の商売敵が出来た古本屋か」

女子高生たちを見張っているとき、確かに僕らは地図コーナーにいた。僕はただ話がしやすいように移動しただけだと思っていたのに、隼人くんはこんなことを調べていたのか。

「二葉さんも知ってると思うけど、最近の大手古本屋はマンガの立ち読み大歓迎で人を集めてるよね。そのときポイントとなるのは、なんだと思う？」

人を集めるポイント。そのとき、最初に会った女子高生たちの会話が頭をかすめた。

「あっちで読めばいいじゃん」。

「新しい本だ！」

「そう。お金のない学生は、新刊や続き物のマンガをビニールのかかってない古本屋で読もうとする。それがある種の人寄せになってるんだ」

カレーパンを齧《かじ》りながら、隼人くんは生クリームの浮いたココアをすする。なんだか、見ているだけで胸焼けしそうな組み合わせだ。

「そう考えた理由は、さっき二葉さんに覚えてもらったリストとあのひとたちが持っていた本が一致したからだよ」

そう。確かにそれは見事な一致だった。あのとき彼に言われて僕が店内の情報掲示板から記憶したのは、本の発売リストとコミックの人気ランキング。そして女の子たちが持っていた本は、ランキング上位のタイトルばかりだった。

「好みじゃなくて、売れ筋ランキングでピックアップしてたから不自然な傾向だったんだそれが狙い。付箋を意図的に置くなら、小さな書店より大きな書店の方がメッセージが届く可能性は高いかな」

「うん。そう考えると、付箋のこともしっくりくるんだ。だって盗んで欲しい物から離れた場所にメッセージを残しても、効果は薄そうでしょ」

例えば駅の掲示板や壁の落書きに電話番号を残した場合、かけてくる相手はいても、その人物が本屋まで行く可能性はぐっと下がるのだと隼人くんは説明する。

「万引きをしようってひとは、めんどくさいことなんか嫌うと思うんだよね。そんな相手に、本屋に行って、ランキングを見て、そこに入ってる本を盗ってこいなんて言えるかなあ? それに、本屋なんか行かないひとの可能性もあるわけだし」

「はじめから本屋にある物にメッセージを残せば、それが解消できるってことか」

「そうそう。つけ加えるなら、マンガの人気なんて月替わりで激しく変動するわけでしょ? だったら毎月捨てられる雑誌に貼るのも道理だよ。それに援助交際を匂わせるメッセージも、店員に見つかったときに言い訳がしやすいね。あ、あと万引きしてくれそうな読者層をピンポイントで狙ったのも、本に関わる人ならではかもね」

たった一枚の付箋から、次々に現れる風景。一体、隼人くんの頭の中はどういう構造になっているんだろう。

「でも、雑誌に限ったのはなんでだい?」

「だってマンガはビニールがかかってるし、文庫なんて大人も買うじゃない。ヤング系の小説なんて、うちのお母さんだって買ってるよ」

消去法で推理すればごく簡単なことだよ、二葉くん。まるで小説の中に出てくる探偵のような口ぶりで、隼人くんは肘をついた。

「そんな中で、ギャル系の雑誌だけは対象年齢以外の人がほとんど買わないものだと思ったんだ。おまけに年齢が外れた人や男なんかは、興味本位で本を開きはしても後ろの方まで読んだりしない」

「だから後ろの方に貼ってあったのか！」

あまりにも鮮やかな推理に、僕はただ驚くしかない。

「じゃあ、なんで女子限定なのかもわかるかい」

もうこの際、疑問に思ったことは何でも聞いてしまえとばかりに僕は質問した。すると隼人くんはにっこりと笑ってノートの上の地図を指さす。

「二葉さんは越してきて間もないから知らないと思うけど、この近辺には女子校が多いんだよ」

僕はあっと声を上げそうになった。地図で確認していたのは、店の所在地ばかりではなかったのか。

さらに僕は、女子高生ならではの利点に思い至った。同じ万引きをするにしても、男がこそこそしていたらマークされやすい。けれど女の子がきゃあきゃあ騒いでいたら、どうだろう。怪しいとは思っても、店員は声をかけにくいはずだ。円陣でも組まれていたら、抱えている本を確認することだって難しい。

(それこそ、隼人くんみたいにぶつかりでもしない限りは、ね)

「そういうことか!」

商売敵《がたき》に流れるお客を取り戻すには、新刊が早く棚に並ばなければいけない。けれど正規のルートでは、すぐに入荷するわけもない。だから援助交際を匂わせる言葉を隠れ蓑に使って、古本屋の店主は女子高生に万引きを依頼していた。

「でも、そんなことしてたら逆に高くつくんじゃないかな」

僕がぽつりとつぶやくと、隼人くんは軽くうなずいた。

「高くついてでも、法を犯してでもお客を集めたい。そう思ってるんだろうね」

「でもそれじゃあ……」

「うん。瀬戸際《せとぎわ》なんだろうね。それとも口惜しかったのかな。どっちにしろあの店、もうすぐ潰れると思うよ」

なんともいえない気分だった。僕は社会の仕組みに詳しい方ではないけれど、大手チェーンの古本屋が昔ながらの古本屋を駆逐《くちく》しているというニュースは聞いたことがある。明るい店内と、即時性を重要視した新刊の並ぶ本棚。お客がそっちに流れるのは当然なのかもしれない。でも、古いタイプの店にはそれなりの良さがあるはずだ。なのに、最後の抵抗がこんな形で現れるなんて、寂しすぎる。

「今はさ、ロマンがないよね」

自分の鞄から文庫本を取り出して、隼人くんはため息をついた。中学生らしからぬ台詞に、僕はつい苦笑してしまう。

「本の中では、犯罪にも理由やロマンがある。正義を守る人もいれば、スケールの大きな悪をもくろむ犯人もいる。なのに現実は、お金お金お金。そればっかり。殺人にも理由がなくて、被害者だって殺され損だと思わない？　どうせ殺されるなら、ものすごい愛や憎しみをぶつけられた方が、生きてるって感じがするよね」

全面的にうなずける意見ではないけど、隼人くんの言いたいことはよくわかる。そして彼がミステリーを好む理由も。しかし次の台詞を聞いたとき、僕の笑顔は引きつった。

「どうせ潰されて倒産するんなら、矜持《きょうじ》くらいは示して欲しかったね。新刊の棚にだけ放火するとかさ。あ、いっそ『金閣寺』みたいに派手に燃やす？」

やっぱり探偵よりも、犯人タイプなのかも。

＊

数時間ぶりに外へ出ると、陽はとっぷりと暮れていた。花冷えのする宵《よい》を、隼人くんは軽い足どりで歩く。

「今日は楽しかったね」

「僕はひやひやものだったけど」

そう言うと隼人くんが、「ぼくはお腹がお茶でだぶだぶ」と返す。はじめはどう接したらいいのかわからなかったけど、この数時間で僕らはだいぶ仲良くなれたようだ。

「でも次回はちゃんと家で勉強しますから、センセイ」

別れ道で彼は、くるりと僕をふり返る。

「それとこれは、ぼくからの宿題」

手渡されたのは、今日買った文庫本だ。タイトルは『押絵と旅する男』。江戸川乱歩だ。

「恐がりのひとには『押絵』がおすすめだよ。幻想小説だから、安心して。あと、最初に開いてた『屋根裏の散歩者』の中に入ってる『二銭銅貨』もあんまり恐くないから」

「あ、ありがとう」

あんな事件の合間に、僕のことまで考えていてくれたのか。年下の子にそこまで気をつかってもらったのが嬉しくて、僕はちょっと感動した。立ち尽くす僕に近づいた隼人くんは、世界の秘密を打ち明けるかのような口ぶりでこう告げる。

「ホントはさ、あんまり深く考えて声をかけたんじゃないんだ」

「……え?」

「夕暮れ時に乱歩を読んでる人がいる。それだけで、なんかぐっときちゃって。だから二葉さんには、ミステリを好きになって欲しいと思うんだ」

こうまで言われたら、努力しようじゃないか。稀代《きだい》の恐がりである僕は、ようやくミステリーを読む決意を固めた。深くうなずく僕を、隼人くんは満足そうに見つめる。

「次回までに読んでくるように。じゃあね」

ひらりと踵を返して、隼人くんは薄闇の中に姿を消した。僕は片手を上げたまま、その残像をぼんやりと見つめる。やっぱり、猫だ。それもミステリーによく似合う、しなやかな黒猫。

＊

翌日、僕は山田に誘われてサークルの部屋に初めて顔を出した。そこにいたのは、数人の男女。もっとおたくっぽい感じの人々をイメージしていたのだけど、そうでもなさそうで安心した。

「新入生だね。君はどんなジャンルのミステリが好きなんだい」

銀縁眼鏡をかけた先輩が僕にたずねる。僕は緊張しながらも、背筋を伸ばしてこう答えた。

「僕は恐がりなので、ミステリーはほとんど読んだことがありません。なのでジャンルというのはわかりません。でも、先日初めて江戸川乱歩を読みました」

ほう、という声がテーブルの周りで起こる。

「ちなみに、何を読んだのかな」

先輩の視線を集めた僕は、隼人くんの顔を思い浮かべた。

「『押絵と旅する男』です。とても綺麗な話で、こんな小説ならもっと読んでみたいと思いました」

「それは、入会決定と受け取っていいのかな」

「はい。よろしくお願いします」

ぺこりと頭を下げた僕は、温かい拍手で迎えられる。

伊藤二葉、アルバイトで家庭教師をする大学生。ちなみに生徒はミステリーの先生です。

いや、猫かな。

二話

Teacher and Me ✳✳✳ Tsukasa Sakaki

消えた歌声

死ぬ。ここで地震が起きたらまず絶対に死ぬ。

きゅうきゅうに詰め込まれた雑居ビルのエレベーターの中で、僕はひっそりと青ざめていた。鼻をつくのはアルコールと得体の知れない揚げ物の匂い。きっと換気がうまくいっていないんだろう。

（地震でまずエレベーターが止まって、その後で酸素が薄くなる。そうしたら一巻の終わりだ）

そんな僕の焦燥感をよそに、のろのろと降りてゆく鉄の箱。不吉なことを考え出すと止まらなくなる癖は、こんなときに限って三倍速で悪夢を紡ぎ出す。

（管理会社に連絡しようにも、きっとその機械は故障してるに違いない。だって、このビルすっごく古そうだし）

そんな危機的状況なのに、同じエレベーターに乗っている皆はなぜかこれっぽっちも危機を感じていないように見えた。しかも最悪なことに、壁際では酔っぱらった女の子が大きな声を上げて足を踏みならしている。彼女がどすんと足を下ろすたび、このおんぼろエレベーターはぐらっと揺れた。

(死ぬ！　ワイヤーがちぎれて今度こそ本当に死ぬーっ！)

伊藤二葉、十八歳。相変わらずこわがりのまま、五月を迎えました。

一階で扉が開き、外に出ると僕は大きく深呼吸をくり返す。ずっと空気の悪い場所にいたせいか、街路ではことのほか気分がいい。

「ほら山田、しっかりしろよ」

べろべろに酔っぱらった山田を支えながら、アパートまでの道を歩く。今日は推理小説研究会こと推研の先輩たちに誘われて飲みに行っていたのだが、酒癖の良い山田が珍しく潰れた。

「あー、気持ちわりい」

「もう少しだから、あとちょっと我慢してくれよ」

今にも戻しそうな雰囲気に、僕ははらはらしつつ歩を進める。大学に入ってからこのかた、こいつとは何回も飲みに行っているけれど、こんな姿は初めて見た。

「着いたよ、玄関だ。ほら、靴を脱いで」

無言でうなずいた山田は、布団の上に倒れ込むなりいびきをかきはじめる。てっきりトイレに直行だとばかり思っていた僕は、拍子抜けした気分でソファーがわりの大きなクッションに腰を下ろした。

ちなみに先輩方の名誉のために言っておくと、推研の飲み会はいつもいたって平和なのだ。最初に新歓コンパで誘われたときは、「ミステリーなんてほとんど読んでないし、会話をふられてわからなかったらどうなるんだろう?」なんて思っていたけれど、いざ参加してみるとごく普通の飲み会で僕はほっと胸をなで下ろした。

(だって大学に入ったら、コンパで「一気!」とか言われた上、急性アルコール中毒で倒れて病院に担ぎ込まれるもんだと思い込んでたからね)

しかも先輩たちの中には、意外なことにあまりミステリーを読まない人も含まれていたので、僕はそういう意味でも安心できた。冒険小説やSF、それに山岳小説など好みのジャンルは多岐《たき》に渡っていて、推研は体の良い文芸部のような様相を呈している。

そして今夜の飲み会もまた、ごく常識的なものだった。各々が好きな酒を好きなように飲み、好きなジャンルのマニアックな会話をしているという、ゆるい飲み会。

「なのに潰れるなんて、なあ」

冷蔵庫から紙パックのジュースを出して、僕は小さくつぶやいた。もしかしたら、山田にも人知れぬ悩みがあるのかもしれない。普段はお調子者の奴だけど、そういうタイプに限って一人で悩みを抱え込んだりするものだ。

（朝起きたら、それとなく話を聞いてみようかな）

僕は大きくのびをすると、予備の毛布を引っ張り出しにかかった。

＊

「カラオケぇ？」

思わず声が裏返ってしまった。しかし山田は、しごく沈痛な面持ちでうつむいている。

僕は笑いをこらえながら、インスタントコーヒーにお湯を注いだ。

「そう。カラオケが下手だから別れる、って言われちゃってさ」

「そんな理由って！」

「彼女、歌の上手い奴が好きなんだって。でも俺、特定の歌しか上手くないから……」

近所のコンビニで買ってきたサンドイッチをもそもそと頬張りつつ、山田はことの経緯を説明する。なんでも二人の出会いはカラオケボックスのトイレで、順番待ちをしている間に意気投合したんだそうだ。

「ていうかさ、トイレ入りたくて並んでたんだろ？　二人とも余裕がありすぎじゃない？」

「まあね。でも彼女はバッグ持ってたから化粧直しっぽかったし、俺はそんなに差し迫ってなかったからなあ」

なんともロマンスの要素に欠けた出会いだが、それでもつきあいははじまり、二週間が経過した。

「その間、デートに六回行ったんだけどさ、三回がカラオケ」

「……かなり、カラオケ好きだね」

「ああ。でもさ、歌ってる顔がまた可愛かったんだよなあ。ちょっとかすれた声もセクシーで」

しかし彼女は、自分と同じレベルを山田にも要求したらしい。

「歌本開いて、これ歌える？　じゃあこれは？　ってすっげえふるんだよ。最初はなんとか歌える曲だったんだけど、俺、そこまで歌い込んでねえし」

そりゃそうだ。別に音楽系の趣味があるわけじゃないんだから、何十曲もレパートリーがある方が珍しい。しかし彼女は、そんな山田に納得がいかなかった。

「もう、いいや。そう言って歌本をぱたんと閉じられて、それで終わり。なあ伊藤、歌って、人生でそんなに重要か？」

「いや、その……僕にとってはあんまり」

やけ酒のようにコーヒーカップをあおって、山田は続ける。

「採点機で高得点出せる持ち歌が五曲しかないなんて、やっぱまずいのかな？」

「いや、まずくはないけど……ええーっ？」

すいません。僕にはそもそも、高得点を出せる持ち歌というものが存在してないんですけど。

「それともあれか。カラオケデビューが高一だったから、スタートも遅かったってことか」

「……」

『今どき『夜空ノムコウ』とか歌ったのが、時代遅れだったってことかよ！」

「……」

ちなみに僕が初めて友達とカラオケに行ったのは高三のときで、持ち歌は『夜空ノムコウ』。

……何か問題でも？

カラオケに、高三まで行ったことがないわけじゃない。けれど伊藤家においてそれは、親戚の集まる新年会のあと親に連れられてとか、多分に行事色の強いものだったのだ。しかも我が家は県内でも田舎寄りにあったため、最寄りのカラオケボックスまでは車で三十分かかるというありさまだった。

（しかもその店しかなかったから、やけに高かったんだよなあ。だからスポンサーつきじゃないと行けなかったんだよ）

でも高校生にもなると、さすがの僕も友人たちと思いきり歌ってみたいと思いはじめる。そこで僕らは週末、電車で一時間のところにある街に出た。東京とは比べ物にならないが、そこそこ栄えた地方都市だったのでカラオケボックスが豊富にあったし、なにより値段が安かった。とはいえバイトするにも事欠く田舎だったので、限られた軍資金ではそうそう何時間もいられなかったのだけれど。


しかし、東京では。

「カラオケ？　小六の時から友達と行ってるけど、それが何？」

けろりと言い放った隼人くんの前で、僕は軽いめまいを覚える。

山田がさんざん愚痴《ぐち》った上、昼飯まで食って帰ったあと、僕は家庭教師のアルバイトのため隼人くんの家に来ていた。僕と彼は、彼のお母さんに内緒の契約を結んでいて、一時間は勉強、残りの一時間は雑談や読書というスタイルで過ごしている。

「しかし、よくおこづかいがあったね」

勉強机の上には、休憩用の紅茶とショートケーキが置かれている。隼人くんはそのトップに置かれたイチゴに、いきなりフォークを突き刺した。信じられない。僕が子供だったら、この行為だけで彼を英雄だと思ったかもしれない。

「だって三十分百円のとことか、あるじゃん。ジュース飲むより安かったら、行くでしょ」

お楽しみのイチゴはそっと避けて、僕はクリームの少ない端からケーキを食べはじめる。

嗚呼《ああ》、小市民。

「でも、子供だけで大丈夫なのかな」

「うーん、歓迎はされないけど、身分証を求められるわけじゃないからね。とりあえず中学生くらいには見えるよう気をつかってたし、夜には行かなかったから問題ないでしょ」

小学生だけで、個室。別に強く反対すべき理由はないんだけど、なんというか倫理的なズレを感じるのは、僕が田舎者だからだろうか。

「でもさあ、あんまりやっても飽きるよね。ウケ狙いの曲とかラップなんて覚えるのもめんどくさいし、今だったらマンガ喫茶の方がぼくは好きだな。二葉さんは？」

ラップなんて、持ち歌に入れようと思ったこともありませんけど。ていうかそもそも、口が回らないから不可能だし。

「どっちかっていうと、僕もマンガ喫茶の方が好きかな」

その方が心穏やかに過ごせるからね。心の中で僕はひとりごちる。ちなみに、僕の家の近所には未だマンガ喫茶がない。マンガの置いてある、古式ゆかしい喫茶店ならあるけど。

「じゃあ今度一緒にマンガ喫茶行こうよ。おすすめのやつ、教えてあげるからさ」

「いいよ。そういうのだったら僕もこだわりがあるから」

マンガなら年代の差もないだろうしね。そう考えて僕と隼人くんは、次の土曜に二人で遊びに行く約束をした。

＊

家の近くの駅で待ち合わせをして、最寄りの繁華街に出る。よく晴れた五月の空の下、街は人で溢《あふ》れていた。アイスクリーム片手のカップルに、日向ぼっこする親子連れ。オープンカフェは軒並み満員状態だ。

「なんか、屋内《なか》に入るのがもったいない感じだね」

街路樹の梢《こずえ》を眺めながら、僕は思わずそう言った。すると隼人くんは僕を見上げてにっと笑う。

「そうでもないんだなあ、これが」

「ん？　どういうこと？」

首をかしげる僕を尻目に、隼人くんは人混みをすいすいと抜けてゆく。その姿は、まさに都会の猫。たまにこちらをくるりとふり返る仕草もそれっぽい。僕は彼とはぐれないよう、ついてゆくだけで精一杯だ。

「晴れた日におすすめのマンガ喫茶は二軒。一軒目は晴天割引がある店で、二軒目がこっち」

「晴天割引？」

「二葉さんの言うように、晴れた日ってお客が来にくいよね。だからお天気だと格安料金になる店があるんだ」

「なるほどねえ」

商売の形というのは色々とあるものだ。僕が感心していると、隼人くんは大通りから一本裏道に入った所にある、なんの変哲もなさそうなビルに入った。看板を見上げると、十階建ての五階から上が店舗になっている。

入り口の壁に貼られた館内見取り図を、僕はそれとなくチェックした。きたるべき災害に備えて、逃げ道は常にチェックせねば。そんな僕を、隼人くんは吹きだしそうな表情で見ている。

「二葉さん……もしかして、地震とか考えてるの？」

「そうだよ。それに停電だってあるかもしれないし、せめて自分のいる位置は知っておきたいからね」

真面目に答えただけなのに、隼人くんは声を上げて笑った。

「才能、変なとこに使いすぎだよ」

「失礼な。いざというときに必要なのは、こういう知識だよ」

「いざ、っていつさ」

腹を抱えたまま隼人くんはエレベーターに乗り、迷わず最上階のボタンを押した。小綺麗で明るい感じのビルは、建ってからまだ間もない匂いがする。当然、エレベーターもこの間の汚いビルのとは大違いだ。

「今年オープンしたばっかりだから、ビルもマンガも新品なんだよ」

「ああ、なるほどね」

やがて軽やかな音と共に扉が開き、目の前に最上階のフロアが現れた。

「これは……」

僕は一瞬、目の前の光景に言葉を失った。なぜならそこには、太陽の光と植物が溢れていたからだ。

「天井がガラス張りのサンルームになってるから、晴れてるときは下手な公園より気分がいいんだ。まるで温室にいるみたいでさ」

幸い席が空いていたので、僕らは所定の料金を払って店内に入った。隣り合った椅子に座ると、衝立のように置かれた観葉植物で小柄な隼人くんの姿は見えなくなる。

「じゃあ、お互いおすすめのマンガを持ってまた集合だね」

葉っぱの間からぴょこんと顔を出した隼人くんは、そう言って再び鉢植えの向こうに消えていった。僕は店内をぶらぶらと歩きながら、お目当てのマンガを探す。明るい光に満たされた店内は、マンガ喫茶という言葉のイメージとは対極にあるさわやかさで、こんな場所なら一日いてもいいような気がした。バリアフリー対応だというゆったりとした通路に、清潔で広々とした洗面所。まったく彼は、こういう場所を見つけるのがうまい。

しばらくして戻ってきた隼人くんは、予想に反して少女マンガらしきものを持っている。

「これはね、一応少女マンガなんだけど、その実すっごくよく出来たミステリなんだ。しかも人が死ぬシーンとかないから、二葉さんにぴったりだと思って」

ミステリーマニアの彼らしい選択に、僕は苦笑する。

「んじゃ僕は王道の野球マンガ。でもヒーローがいるわけじゃなくて、真面目なキャプテンが頑張る人情物だよ」

「二葉さんらしいね。では、しばし読書タイムということで」

そう言って笑うと、隼人くんは手を振って観葉植物の陰に消えた。

ジュースを二杯飲んで、マンガを五冊ほど読んだところでお腹が鳴った。

「隼人くん」

隣りに声をかけても、返事がない。立ち上がってのぞき込むと、そこには眉間に皺を寄せてマンガを読む隼人くんがいた。

「あ、二葉さん」

「すっごく集中してたね。面白かったかい？」

ようやく顔を上げた彼は、激しくうなずく。そのたびに薄茶色の髪が、さらさらと揺れた。

「面白かった！　人情野球マンガなんて、自分だったら絶対選ばないジャンルだけど、教えてもらってよかったよ。二葉さんは？」

「僕も面白かったよ。ラスト、ちょっと泣きそうな感じだよね」

「でしょでしょ？」

そう言って笑う隼人くんは、普段とは違って子供の顔をしている。

（なあんかな。いつもこういう感じだったら、可愛いんだけどな）

彼は顔立ちが良いのに加えて、頭の方もかなり出来がいい。だから大人びた行動が様になるのだけど、たまに僕はそんな彼のことが心配になる。

僕が彼と同じ年だった頃は、本当に何も知らなくて、でもそれなりに幸せだった。しかし隼人くんの頭の中には、あまりにも多くの情報がインプットされているような気がするのだ。

（考えすぎて疲れちゃうこととか、ないのかな）

人の頭を心配してる暇があったら、自分の単位を心配しろという声がどこからか聞こえてきそうだけど、それはとりあえずおいといて。

「さて、なにか食べに行こうか」

立ち上がった僕に、隼人くんは箸を持つ仕草をして言った。

「ラーメンがいいな」

＊

どんよりと曇った空に、肌寒い温度。一昨日の五月晴れは何だったのかと言いたくなるような天気の中、僕と山田は大学の渡り廊下を歩いている。

「天気予報じゃ、今日まで晴れっつってたのにな」

「なんかもう、外出たくない感じだよ」

このあと僕らは、どこか外へ出て昼食をとる予定だった。けれどこう寒いと、街をぶらつくのも考えものだ。

「だったら、カラオケはどうよ」

「はあ?」

突然の提案に、僕はまじまじと山田の顔を見た。だってついこの間、それが理由でふられたって落ち込んでいたのに?

「いや、だからさ、そんな本気で歌いたいってわけじゃなくて」

慌てた素振りで、山田は僕にその理由を説明する。

「例の彼女とつきあってるうちに、俺もカラオケに詳しくなっちゃってさ」

彼が言うには、最近ではカラオケも過当競争のため独自の路線を打ち出す店が増えているらしい。インテリアが凝っているとか、とにかく低価格だとか。そんな中、料理に的を絞った店がおすすめなのだと山田は訴える。

「だってランチを普通に食べる値段で、ドリンクとカラオケまでついてるんだぜ。こんな寒い日にはぴったりだと思わねえ?」

暖かい部屋というのは、確かに魅力的かもしれない。綿のジャケット一枚で鳥肌を立てていた僕は、その提案についうなずいてしまった。それが間違いの第一歩だとも知らずに。

来なければよかった。

山田の指し示す雑居ビルを見上げて、僕は暗澹《あんたん》たる気持ちになる。ビルとビルの間に挟まれた、ものすごく細長いビルは一体築何年なのか、考えたくもないような色の壁をしていたのだ。しかもご丁寧に、ヒビまで入って。

「安くてうまいから、インテリアは二の次なんだって」

不安そうな僕の背中を叩いて、山田はエレベーターに向かった。僕はその前に、すかさず建物の見取り図をチェックする。これは先日の飲み会で使われたビルと同じくらい要注意物件だ。何かあったら、確実にやばい。そう思った僕は、ついでに鞄の中身もチェックした。ペットボトル確認。チョコバーもあり。これでも何かあっても、大丈夫。

エレベーターの中で、ぼんやりと各階の店舗案内を見た。七階建てのビルの一階は旅行代理店で、二階と三階が中華料理店。そして残りの四階から七階までが、目的のカラオケボックスになっている。

四階で降りると、そこには受付のカウンターがあった。実用一点張りのオフィスっぽい受付は、しかしそれなりに人で混雑している。ウエイターの制服を着た店員が、手元の紙を眺めながら言った。

「今ですと、二十分待ちになりますが」

「ああ、やっぱみんな考えることは同じなんだなあ」

待ってもいいかな、という表情の山田に僕はうなずく。今からまた下に降りて、次の店を探すのも面倒だと思ったのだ。そしてこれが、間違いの第二歩。ここで引き返しておけば、大変なことに巻き込まれずに済んだのに。

「お待ちになっている間に、ランチとドリンクを選んでおいて下さい。もし外に出られる場合は、連絡先もご記入を」

店員にそう言われたので、僕はカウンターの上に置かれたメニューを眺める。回鍋肉《ホイコーロー》に青椒肉絲《チンジャオロース》、それに麻婆豆腐《マーボードウフ》となんだかやけに中華寄りのラインナップ。ということはつまり、下の階にある中華料理店からの出前か。メインを決めかねた僕は、ふと横に寄せられた順番待ちの紙を見た。あと何人だろうか。

(ちょっと、覚えておこうかな)

また隼人くんに「才能の無駄使い」と笑われそうだけど、僕はその紙面を画像記憶として頭にインプットする。三、四、五。完了。

しかし幸いそれほど待たされることもなく、僕らの名前が呼ばれた。

「お客様のお部屋はこの一階上、五階の502号室です。そちらのエレベーターをお使い下さい」

たった一階上るのにエレベーターを使うなんておかしな話だが、階段は非常用のものしかないらしい。狭い通路の奥に光る誘導灯の緑色を目に焼きつけつつ、僕は再び信頼のおけない鉄の箱に乗りこんだ。

間違いの第三歩は、山田が予想以上に歌いまくったことだ。「歌がメインじゃない」なんて言っていたくせに、なんなんだか。それとも歌での失恋は歌で癒《いや》すということなのか。

(にしても、熱々のラーメンを前に熱唱系のバラードを歌われてもねえ)

レンゲでチャーハンをかきこみながら、僕は軽い後悔に襲われていた。しかもこの店は経費節減もいいところで、一部屋当たりの面積が異常に狭い。食べ物の匂いが充満した室内は、妙に息苦しい気にさせられる。

「伊藤は何歌う?」

分厚い歌本を手慣れた調子でめくりながら、山田は片手で餃子を口に運んだ。忙しいったらありゃしない。確かに料理はおいしいけど、やっぱり歌と食事は両立しにくいんじゃないかな。

「遠慮しないでばんばん入れろよ」

とはいえ、あんまり歌う気もしなかったので僕はとりあえず立ち上がった。

「ちょっとトイレ行ってくるから、好きなの歌っててよ」

「オッケー」

ドアを開けて廊下に出ると、あちこちの部屋から漏れる歌声がうねるように響いてくる。防音があまり行き届いていないのだろうか。色んな意味で、不安のつのる建築ではある。

突き当たりにある洗面所を見ると、軽く行列ができていた。特に女性の方は化粧直しをするせいか、かなりの混雑だ。

「マジ混んでね?」

「だって上の階、トイレないし」

大きな声で喋る二人連れに、僕の目は自然と引きつけられる。そして次の瞬間、間違いの四歩目に気づいて背筋が寒くなった。

（この子たち、前に書店で会った……！）

派手な化粧とアレンジし放題の制服を着た女子高生。どこにでもいるような二人連れだが、僕は先月隼人くんの入れ知恵でこの子たちに万引《ま》きを止めるよう声をかけている。

（でもでも、あのときは僕も眼鏡かけてたし、わからないかも）

そっと回れ右をしながら僕は顔をふせた。うん、このままやり過ごせば問題ないぞ。しかし間の悪いことに、こんなときに限って僕の携帯電話が音を響かせる。

（マナーモードにしとくの、忘れてたーっ！）

トイレに並んでいる人たちの目が、揃《そろ》って僕の方を向いた。

（まずい！）

大慌てでジーンズのポケットから携帯電話を引っ張り出そうとすると、いきおい余ってがしゃんと床に落ちる。その音と動きで、僕はまたもや皆の注目を集めてしまう。そしてついに女子高生の一人が、僕に近づいてきた。いぶかしげな表情の中で、マスカラのつけすぎで重たそうな目が恐い。

「あんたさ」

「……」（殺される！）

「前に会ったよね」

別人ですよ、嫌だなあ。なんて冗談を言えるようなら、苦労はしない。

「ほら。あの本屋で、あたしらに古本屋のこと忠告したの、覚えてない？」

その言葉で、不思議そうな顔をしていたもう一人の子も表情を変えた。ついに僕のことを思い出したんだろう。万事休すだ。僕はこのままこの子たちにどこかへ連れていかれて、ボコボコにされてしまうに違いない。やっぱりこんなとこ、来なきゃよかったんだ。

「あ……ああ、あのときの」

苦し紛れにうなずくと、目の前の子の顔が歪んだ。いや、これは歪んだんじゃなくて、笑ったのか。

「あのときはマジビビったけどさ、ありがとね」

「はい？」

「だってマジであの店潰れてたし、あのまま本を持ってってたら、あたしらまずいことになってたじゃん」

「そうそう。だから感謝してたんだ」

もう一人の方がぺちゃんこのバッグから小さな紙片を取り出して、僕に手渡した。名刺の半分もないピンク色の紙には『みゆ&ともこ☆』と書かれている。スターか、君たちは。

「あたしがミユで、この子がトモコ」

えーっと、マスカラつけすぎで髪の長い方がミユで、グロスぴかぴかでセミロングの方がトモコか。次に会ったとき、見分ける自信がこれっぽっちもないんだけど。

「なんかあったらこのケーバンにメールしてよね。ところであんたの名前は?」

いきなりふられて、僕は反射的に答えてしまう。

「伊藤二葉」

だから、そこで本名、あまつさえフルネームを名乗る馬鹿がどこにいるんだって!

ここです。このお馬鹿さんです。

「じゃあ二葉さん、まったねー」

一応さんづけで呼んでくれるんだ。妙なところに感心しつつ、僕は山田の待つ部屋へと帰った。

「遅いなあ。大かよ」

違うって、と言いかけたところで突然、室内に不穏な音が鳴り響いた。

「これって、非常ベル?」

「そうみたいだね」

山田と僕は顔を見合わせる。

「最近は煙草で火災報知器が誤作動したりするけどな」

それでも僕は不安だったのでドアを開けてみた。その瞬間、けたたましいベルの音が耳に飛びこんでくる。しかも廊下の突き当たりからは、先刻の店員が走ってくるのが見えた。彼は手前の部屋からドアを開けつつ、こう叫ぶ。

「二階から火が出ました！　皆様、非常階段を使ってお降り下さい！　くり返します！火災が発生しましたので、すみやかに非常階段をお降り下さい！」

ほら。こんなとこやっぱり、来るんじゃなかった。

＊

目の前で、隼人くんのお母さんが心配そうな表情を浮かべている。

「伊藤さん、それで大丈夫でしたの？」

昨日の火事騒ぎのお見舞いなのか、僕は家庭教師の前にリビングに招かれ、高級そうなローストビーフのサンドイッチを振る舞われている。

「あ、はい。結局火はほとんど出てなくて、ぼや程度だったんです。だから避難はしたものの、手持ちぶさたで困ったくらいで」

「でもびっくりしたよ。夕方のニュース見てたら、二葉さんが映ってるんだもん」

そう。あのとき僕らが慌てながら非常階段を降りていると、どこで聞きつけたのかすでにテレビカメラのクルーが待ち受けていて、「君、何階にいたの？」だの「中の様子はどうですか？」などと矢継ぎ早に質問を投げかけてきたのだ。ただでさえ混乱の極みにいた僕は、悪いことをしたわけじゃないのに、ついうつむいてしまった。

「なんかあれ、犯人っぽかったよね」

「隼人、先生に失礼でしょう」

にやにや笑う隼人くんを軽くお母さんがたしなめる。

「いいんですよ。同じことを大学の連中にも言われましたから」

「そうですか？　ごめんなさいね、口が悪い子で」

「いやあ、実際僕は怪しかったみたいですよ。自分じゃわかりませんけど」

あはは、と笑ってみたがちょっと空しかった。先輩に言わせると、あのとき僕は荷物を胸の前で抱え、青い顔をして足早に取材陣の間を駆け抜けていたのだそうだ。カメラを見つけるなりピースサインを突き出していた山田とは、えらい違いだと。

「でも本当に恐かったんだよ、あの非常階段は！」

隼人くんの部屋に入ってから、僕は思わず本音をもらす。

「今どき灰色の鉄製で、所々錆《さび》が浮いてて、足もとが素通しなんだ。しかもそれを大勢で降りるから、ときどき振動でくらっと揺れてさ、本当、生きた心地がしなかった」

火事の前に転落で死ぬ、とあのときの僕は本気で思っていた。でなければアクション映画のように壁から階段がべりべりと剝《は》がれて、僕らは宙づりになるのだと。なのに山田をはじめ他の人たちは、結構普通の顔で階段を降りていた。例の女子高生、ミユとトモコに至ってはガムを嚙みながらお喋りまでして。

「ところで二葉さん、警察や消防の人からは何も聞かれたりしなかったの。テレビでは厨房の不注意による出火だって言ってたけど」

「うん、出火元は二階の中華料理店だって話だね。だからそこまで根ほり葉ほり聞かれなかったけど、一応あのビルにいた人はみんな連絡先を書かされたよ」

そこで件《くだん》の女子高生のことを思い出した僕は、二人との再会を隼人くんに報告する。

「なに、二葉さんまたフルネームを名乗っちゃったんだ。悪いことできないタイプだよね」

「突然聞かれると、つい答えちゃうんだよ」

「でもまあ、お礼を言ってくるくらいだからそうそう悪い相手じゃないかも」

くすくす笑いながら、隼人くんは連絡先の紙片をつまみ上げた。

「そういえば、あの子たちおかしなこと言ってたな」

「おかしなことって？」

ミステリーマニアの隼人くんが、軽く身を乗りだす。

「なんか、あのビルにいたはずの人がいないとかって」

「でも怪我した人とかはいないんだよね？」

「うん。だから店にいた人はみんな下に集まってたはずなんだけど」

けれどミユとトモコは僕にこうたずねてきた。ねえ二葉さん、あそこにあたしらみたいな女の子、いたよねえ？

「で、二葉さんはその子たちを見てるの？」

「いや。でも彼女たちはトイレでその姿を見てたらしい。相手は制服風の私服を着てたから、なんちゃって女子高生かな、って」

「でも火事騒ぎで一階に降りてみたら、その子たちはいなかった」

「そういうこと」

僕がうなずくと、隼人くんは腕組みをして小首をかしげた。

「その女子高生以外に、彼女たちを覚えてる人はいなかったの？　消防の人に証言してるような人とか」

「それがいなかったんだよ。でも実際のところ、みんな記憶があやふやだったとは思うんだ。だってあの日、カラオケボックスに来てたのは高校生と大学生、それにフリーターみたいな人がほとんどだった。つまり、彼女たちみたいな女の子はその中に何人もいたわけで」

「平日の昼間だったら、必然的にそういう客層になるだろうね」

ふむ、と隼人くんは考えこむ。

「二人でいたから二人連れ、という確証はないよね。もしかしたら男女混合のグループだったかもしれないし」

「そうだよね」

さらに困るのは、カラオケボックスという場所の特殊性だ。そこでわざわざ他人の顔を覚えるような人などはいない。しかも順番待ちで混み合っていたなら、なおさら。

「でも、お店の人は？」

「あ！」

隼人くんの指摘に、僕は声を上げた。そうだ。もしあの場所にそんな子たちがいたなら、店員が覚えていそうなものじゃないか。けれどあの場所で、そんな発言をしている人はいなかったような気がする。

「……やっぱり、あの二人が思い違いをしてたんじゃないかな」

僕がぼそりとつぶやくと、隼人くんはさらに首をひねった。

＊

火災のあったビルから消えたと思《おぼ》しき女の子。それは隼人くんの興味をいたく刺激したようだ。

「消失事件、かあ」

うっとりとつぶやきながら彼は、ミステリーばかり集められた本棚を見つめる。

「意外にいい展開だよねえ。火事自体は事件性が薄いから、警察や消防は手を抜いてる。しかも唯一の目撃者が知りあいときたら、推理しがいがあるよ」

確かに隼人くんの言うように、僕らはあまり詳しい話を聞かれなかった。「このビルから出てきた人はこちらに集まって下さーい」みたいな集合をかけられた上、連絡先を書類に書き込んだだけなのだ。火災の当事者はビルに関わる人たちなのだから、まあそれも当然の対応かもしれない。だから一応形式的に「火災の前や後に何か気づいたことはありますか」と聞かれたものの、ほとんどの人は首を横に振っていた。

「二人の女の子が姿を消すには、理由が必要だよね」

立ち上がった隼人くんは、まるでドラマの中の探偵役のように部屋を歩き回る。

「けれどビルの中はそれなりに捜査されたはずだし、病院に搬送された人もいない。となると、二人が事件や事故に巻きこまれたとも思えない。ということは」

「と、いうことは？」

「二人は恐らく、自らの足で現場を去ったんじゃないだろうか」

いや、まあ、それはそうなんだけど。まさか僕だって二人が誰かに拉致されてるとかは思わないよ。

「じゃあ何故、事件の現場から立ち去りたいと思ったのか。今回の謎のキーポイントはそこにあるとぼくは思うんだ」

「何故、か……」

頭を整理するため、僕はあのとき自分のとった行動をもう一度なぞってみる。まず非常ベルが鳴り、その後で店員が声をかけながら客室のドアを開けていった。それから非常口に向かい、吹きっさらしの非常階段を皆で下った。そして一階に着いたとき、待ち受けていたのは消防と警察と。

「テレビカメラ、だ」

「うん。きっとその二人は、人前に顔を出したくなかったんだろうね」

よくできました、というように隼人くんは笑った。でも、人前に顔を出したくない理由というのは、なんだろう。例えば他の理由ですでに顔を知られているからとか？　僕はミユとトモコの名前についたマークをふと思い出す。

「もしかして、アイドルだったとか」

二人が芸能人だと仮定すると、寒空の下集団で待っていなければならない状態は避けたいと思うはず。別に人が死んだというわけでもないから、逃げ出す後ろめたさもなかっただろうし。それより何より、テレビカメラを避ける理由にすごく納得がいく。僕が得意げに自説を披露すると、隼人くんは大げさに肩をすくめてみせた。

「あのさ二葉さん、もしその二人が芸能人だったらさ、他のお客さんからもっと目撃情報が出てるんじゃないの？」

「え……」

「そもそもミユとトモコって人たちなんか、人一倍そういうのに詳しそうだけど。その二人が間近で見てもわかってないんだから、そのセンは薄いと思うよ」

はい、ごもっともです。うなだれる僕に、隼人くんはにっこりと笑いかける。あれ、ちょっと嫌な予感がするんだけど。

「でもさ、これだけの情報じゃ推理するにも限界があるよね」

「ああ、まあそうだけど」

「だからさ、目撃者に話を聞きたいんだけど」

彼の指先では、女子高生のメールアドレスがひらひらと舞っている。そんなことだろうと思ったよ。

＊

駅ビルの中のファストフード店で、僕らは待ち合わせた。

「あー、二葉さん」

手を振りながら入ってくるミユとトモコ。相変わらずギャル道まっしぐらで、存在自体が派手派手しい。これを大学の知りあいにでも見られたら、なんて言い訳したらいいのか。

「あれ、その子は?」

僕の隣に座っている制服姿の隼人くんに目を向けて、トモコが首をかしげた。そういえば書店の一件では、隼人くんは彼女たちにぶつかる役しかしていない。

（記憶に残ってないんだな）

それを見てとった隼人くんは、例の卑怯なまでにさわやかなアイドル風の笑顔を浮かべた。

「こんにちは、お姉さん。ぼく、隼人っていいます。二葉さんに勉強を教えてもらってるんだけど、今日は綺麗なお姉さんと会うっていうから、わがまま言ってついてきちゃいました」

ぺこり、と頭を下げて隼人くんは二人を見上げる。

「……あの、ぼく、いたらまずいですか？」

卑怯《ひきょう》だ。まったくもって卑怯だ。しかし僕の冷たい視線など気づきもせず、ミユとトモコはとろけるような笑みを浮かべる。

「えー、なにこの子、超可愛いんだけど」

「いてもいいよー。別にたいした話じゃないしさー」

それよりあんた、ジャニーズとか入る気ないの？　なんだったらあたしらが推薦で書類出してあげようか？　席に座るなり、隼人くんを挟んできゃあきゃあと声がはじけた。そんな中、隼人くんは照れくさそうにうつむいてこうつぶやく。

「あの、ぼく、派手なこととか苦手だから……」

どの口がそういう嘘をつくのか。僕がちらりと目線をやると、隼人くんはようやく話をふってくれた。

「それより二葉さん、お話があるんじゃなかったっけ」

「ああ、そうそう。実はあの火事騒ぎのとき、君たちが言ってた女の子のことなんだけど」

「あ、それ、あたしらもずっと気になってたんだよね」

トモコがシェイクのストローをいじりながら、ミユに同意を求める。

「うん。だってあたしらは本当にあの子たちを見たんだよ。でもあの場にいた人は誰も、そんなこと言ってなかった」

「お店の人も、なんにも言わなかったんですか？」

隼人くんの質問に、ミユがうなずく。

「えー、マジで誰も言わないよー、って思ったから、一応そこにだらだら残って話を聞いてたんだ。でも、そんな話ちょっとも出なかった」

「君たち自身が言おう、とは思わなかったの？」

「あー、あたしら、あんま警察とか得意じゃないし……」

僕の言葉に、二人は口を濁《にご》した。テーブルの下では、馬鹿、というように隼人くんの足が僕をつついている。

「ねえ、ちょっと気になったんだけど。お姉さんたちがその女の子を気にする理由って、何なんですか？」

「え？」

「だって怪我人もいないみたいだし、その人たちがいなくなったって、困る人はいないんでしょう？」

確かに。そしてミユとトモコは、自分たちの得になりそうもない面倒に口を出すタイプには見えない。けれど二人は、隼人くんの質問に真剣な表情で答えた。

「あのさ、あたしら的にはあの子たち、プチ家出の最中じゃないかと思うんだ」

＊

プチ家出、というのは要するにあれだ。無断外泊の進化形。家の人に何も言わず、ふらりと家を出て一週間くらい戻らなかったりするという。五月というのはただでさえ心のバランスを崩す人が多い頃だ。そんな女の子が現れてもおかしくはない気がする。

（でもプチ家出って、何日経ったら本当の「家出」になるんだろう？）

僕の疑問はさておき、トモコはそう思った根拠をこんな風に語った。

「テレビ。下にテレビカメラがいたでしょ？　あれに映らなかったから」

彼女たちもやはり、その点を不思議に思ったらしい。

「顔を出したくない、っていう理由にはなるけどさ、それがどうして家出だって思うんだい？」

「だってあの子たち、トイレで見たときはすごく楽しそうだったんだよ。あたしらとほとんど同じノリでさ」

だから、なんで同じノリだとそうなるのかわからないんだってば。それをフォローするように、ミユが続けた。

「あたしら、さっき言ったみたいに警察とか苦手だよ。でも、テレビとか写真に写るのは大好き。あたしらみたいなノリの子で、カメラ避けるなんて、かなりあり得ないと思うんだけど」

つまり、万引きなどの軽犯罪を犯してはいても、カメラには積極的に映りに行く。それが彼女たちの行動パターンなのだ。

「それを避けてるってことは、よっぽど顔を映されたくない事情がある。そうお姉さんたちは考えたんだね」

「うん。でもさ、殺人とかそういうことしてたら、そもそも楽しそうにカラオケなんて来ないじゃん？　それにあのカメラ、よく見たら地元ケーブルテレビのやつだったんだよ」

ちょっとがっかりしたよね、とトモコが笑う。

「地元のケーブルテレビってことは、そのまま夕方のニュースで流れる可能性が高いと思ったんだね」

「そうそう。そしたら親とか学校に一発でばれそうじゃん？」

「あたしらもプチ家出したことあるからわかるんだけど、なんかそういうばれ方って後味悪いんだよね」

なるほど。大手のテレビ局だったら、あんな小さな事件は一瞬しか流さないだろうし、何時のニュースで流すかもわからない。けれど地元情報を専門に放送しているケーブルテレビでは、あのくらいの事件でも夕方のトップニュースに入ってしまうだろう。

「あと、なんちゃっての制服だって、そういう子がよく着るんだよ」

なんちゃって、というのは制服っぽく見える私服のことだけど、それを着る理由が僕にはわからない。たずねると、ミユが目をしばたたかせながら答えた。

「あのさ、平日の午前中に私服でうろついてたら警察とかの目につくんだよ。こんな時間に学校にも行かず、何やってんのって。でも制服っぽいものを着てると、相手もただのさぼりか早帰りの日だなって思うみたいで、補導されにくいってわけ」

「へえ。よく、観察してるね」

彼女たちの意外な洞察力に、僕は感心した。すると二人は、照れくさそうに下を向く。なんだ、可愛いとこもあるんだな。そう思ったのもつかの間、彼女たちは信じられないような台詞を口にした。

「えー、でもお、二葉さんほどじゃないよねー」

「そうだよねー。古本屋の闇ルートとか暴《あば》いてないし」

ちょっとちょっと！　僕は心の中で叫んだ。

（確かに前回の事件で君たちに接触したのは僕だけど、推理したのは隼人くんなんだってば！）

と、口に出せる僕でもないので黙ってこらえている。

「でもさ、関係ない女の子まで心配してあげるなんて、お姉さんたち、すっごく優しいんだね」

隼人くんがそう言ってカフェオレのカップを両手できゅっと握ると、二人の目が軽くハート形になった。話題をそらしてくれるのはありがたいんだけど、なんか納得いかない感じだ。

「お姉さんたち、他に何かその子たちについて覚えてることとってある？」

「他に……？」

「なんでもいいよ。例えば入り口ですれ違ってたとか、そういうの、ないかなあ」

さりげなく話題を誘導してゆく隼人くんを、二人はこれっぽっちも疑問に感じていない。

うーん、お見事。そして次の瞬間ミユが、はっとした表情で顔を上げた。

「トモコ！　あたしらあの子たち見てるよ！　ほら、フロントでちょっと待たされたじゃん。あのとき、あの子たちもいたでしょ」

言われて気づいたのか、トモコは驚いて口元を押さえている。

「そうだ！　あたしらの直前に呼ばれてたよね。先に呼ばれていいなーって思ってたんだ。確か706って番号だった気がする」

「だよね！　てことはあの子たち、七階にいたんだ。ああ、でも名前とか覚えてないなあ。残念……」

初めて出てきた新しい情報に、隼人くんもきゅっと表情が引き締まる。

「ちなみにお姉さんたちは何号室にいたの？　確か二葉さんとはトイレで会ったって聞

いたけど」

「そうそう。あたしらはね、六階の602号室にいたの。んでトイレに行こうと思ったら、あの店奇数の階にしかトイレがなかったんだよ。で、しょうがないからエレベーターで五階に降りたってわけ」

なるほど。ということはトイレがあったのは七、五、三、一の階になる。そこで僕はふと疑問を感じた。

「その二人は七階にいたって言ってたけど、それだったらトイレに降りてくる必要はなかったんじゃないか？」

しかしその質問に、トモコが首を振った。

「なんかね、七階だけはトイレなかったみたい。最上階だからなのかなー、って並んでた人が話してたよ」

だからトイレが混雑していたのか。僕はあのとき、なんでこんな規模の店で行列ができるのかと思っていたんだけど、そんな裏があったとは。

「なるほど……」

僕が冷めかけたコーヒーをすすっていると、テーブルの下から隼人くんが再び足をつついた。ヒントをつかんだから切り上げろ、のサインだ。僕は年長者らしい威厳を保ちつつ、彼女らに告げる。

「うん、君たちのおかげでかなり真相に近づくことができたよ。はっきりしたことがわかったら、またメールするから」

「わかった。結果楽しみにしてるね」

「マジ待ってるから」

隼人くんまた会おうねー、と手を振るミユとトモコに、僕らも手を振り返す。隼人くんは当然、ぴかぴかのあの笑顔だ。しかし彼女たちが店を出ていった瞬間、彼の表情は一変する。

「……がっかりだ」

「え？」

眉間に皺が寄り、ものすごく不機嫌そうな雰囲気。この落差は、ちょっと詐欺《さぎ》だよな。

「二葉さん、河岸《かし》変えよう」

そう言ってすたすたと歩き出す彼の後を、僕は慌てて追った。

＊

駅から離れて、隼人くんと僕は住宅街に近い場所にあるファミリーレストランに入った。空いていたので、僕らは奥まった窓際の席に案内される。

「住宅街では夕方に人がすっとひくんだ。だからこの時間は、ちょっと狙い目」

「さすが詳しいね」

僕が褒《ほ》めると、隼人くんは顔をくしゃりと歪めて笑った。

「へへ。実はこれ、お母さんからの受け売りなんだ。二人でお茶するとき、この時間だとゆっくりできるからって」

「仲いいんだね」

「うん、まあわりとね」

横を向いた隼人くんの頬に、うっすらと赤みがさしている。僕はそれが微笑ましくて、なんとも幸せな気分になった。

「ところで、謎の答えだけど」

フライドポテトを二人でつまみながら、僕は気になっていたことを口にする。

「がっかり、ってどういう意味なのかな」

するとと隼人くんは逆に質問してきた。

「あのさ二葉さん、例の記憶術。あれって今回のビルも避難経路とか覚えてるよね？　それと、何か他に覚えたものとかある？」

もちろん避難経路は頭に叩き込んでいる。それにあえて記憶したわけではないけれど、フロントと自分のいた階の造りくらいは覚えていた。そこで僕は鞄からノートを出して、簡単な図を書いて見せる。それを見た隼人くんは満足そうにうなずく。

「ああ、やっぱりね」

「やっぱり、って何が？」

「最上階が怪しい。だって二葉さんがいた五階は、５０１から５０５号室までの五部屋しかないでしょ。なのにミユとトモコは、問題の二人連れは７０６号室に呼ばれたって言ってたよね」

ということは、最上階だけ構造が違う？

「あ、トイレもないって言ってたよ」

「そう。でもここでちょっと気になるのは、六階の構造だね。ミユとトモコがいた階にも六番目の部屋はあったのかどうか」

「そこがポイントなんだね。ちょっと待って、考えてみるよ」

僕はもう一度、あの日の記憶をたぐり寄せた。エレベーターに乗る。フロントで名前を告げる。順番待ちのリストに名前を記入する。

「あ！」

「何か思い出した？」

「うん。順番待ちのリストを記憶したんだ。あとどれくらい待つのかな、って思ったから」

よし、再生してみよう。僕はフロントの記憶をズームアップする。もっと、手元まで、そう。リストが見えてきた。上から順番に赤い線で消された名前と、割り振られた部屋の番号。そしてそこには、いくつかの番号が書いてある。

「……多分、僕らより前に来た人たちはそれなりに待ったんだろうね。携帯の番号が書いてある」

僕たちから遡《さかのぼ》って十数人、６０２号室の名前がある。

「はは、田中だって。案外普通の名字だね。これってミユかな、それともトモコかな」

そしてその一つ上、問題の部屋に当たる場所にはビンゴ、携帯電話の番号がある。僕がそれを読み上げると、隼人くんが素早くメモをとった。しかし。

「部屋番号が、ない……」
　706、と呼び出されたはずなのにその部分はただの空欄になっている。けれど赤線で消されているということは、客室に入ったという印なのだけど。
「二葉さん、その欄の名前は？」

　困惑した僕に、すかさず隼人くんが次の手をさしのべる。名前、名前と。

「なんだこりゃ。エイミー？」

「偽名だろうね」

「……なるほど」

「多分ミユとトモコだって、田中なんて名字じゃないんだよ。ファミレスやカラオケの呼び出し名に、本名を使わない人は多いからね」

　隼人くんの静かな声が、僕の記憶画像に重なった。名前は意味がない。では他に何が見える？　そう、次に探すべき部屋番号だ。ずらりと並ぶリストには、606という番号はない。

「ないよ。やっぱり六階も、僕のいた五階と同じように五部屋だったはずだ」

　僕がそう告げると、隼人くんはため息をついて首を振った。

「やっぱりね」

「やっぱり？」

「うん。がっかりな結末決定だよ」

コーラのストロー袋を弄《もてあそ》びながら、隼人くんは肩を落とす。

「一応、話そうか？　名探偵ぶるストーリーでもないけど」

僕が激しくうなずいたのは、言うまでもない。

＊

夕陽が、窓から茜色の光を僕らに投げかけている。その光に照らされた隼人くんの輪郭《りんかく》はふわりと優しく、まるで少女マンガに出てくる主人公のように見えた。

「まず言えることは、消えた女の子二人はプチ家出でもなんでもないということ。これは今、二葉さんがリストを思い出してくれたからわかったことだ」

「ああ、連絡先があったからだね」

「そういうこと。家出中の人間が電話番号なんて残すはずがないからね」

本日二杯目のコーヒーにミルクを入れて、僕は首をかしげる。

「じゃあ制服風の私服は、好きで着てたってことかな」

「うん、服に関してはなんとでも言えるね。私服の高校に通う子が着てたり、あるいは普段着てる制服がダサいと思って着る子もいるだろうし」

「残るのは、テレビカメラだけど」

「そうだね。家出じゃない以上、彼女たちは映っても問題なかったはずだ。では何故あえて逃げたのか。それはね」

「……それは？」

「火災のあったビルに、７０６号室が存在しなかったからだよ」


存在しない部屋に通された、二人の女の子。そして彼女たち自身もまた、姿を消した。

「ごめん、どういう意味かよくわからないんだけど」

僕がたずねると、隼人くんは縮めたストローの袋に水をぽとりと落とす。

「消防車がね、来たらまずいビルだってこと」

うねうねと動くストロー袋は、ホースを思い出させた。僕も昔よく、これをやったな。

「それってつまり、建物に問題があるってこと？」

「そういうこと。多分そのビルは、消防法に違反してるんだ」

隼人くんの言葉で、記憶の中の景色がぱたぱたと裏返ってゆく。狭苦しい部屋に、細長い廊下。そして少ない洗面所。あのとき僕は、その息苦しさから推研の飲み会を思い出していた。その時点で気づけばよかったのに。

「カラオケも競争の時代だって、言ってたよね。だからその店はインテリアは二の次で、料理に力を入れた。そうしたらそこそこ繁盛して、お昼には順番待ちをするほどになった。じゃあそんな店は、次にどんな手を打つかな」

「……お客を詰め込むために、部屋を小さく区切ったんだ」

だから部屋の壁は薄く、音が廊下まで派手にもれていたのだ。そしてトイレに当たる部分までも部屋にしたから、行列ができる羽目になった。

「そして706号室はおそらく、非常階段へと続く廊下だったはずの場所だよ。けど、そんな部屋を作っていたことがばれたらまずいから、記録には残さなかったんだと思う」

「だから部屋番号が書いてなかったのか。でも、なんで七階だけ」

「さすがに全部の階でやったらまずいと思ったんじゃない？」

しかもあのビルでは、移動にエレベーターしか使えないようになっていた。それはつまり、階段で七階に上られると部屋の水増しがばれてしまうからなのだろう。

「廊下の突き当たりに衝立みたいな薄い壁を立てて、部屋として使ってたんだと思うよ。いざというときはその壁をどけてしまえばいい、そう従業員には教育してさ」

今そこへ行ったら、「使ってませんでした」って体《てい》のカラオケセットと椅子が、わざとらしく廊下の端に寄せてあるだろうね。そう言って隼人くんはけらけらと笑った後、ふと眉根を寄せた。

「ホント、せっこい話。これだから現実ってロマンがないよ。推理のしがいがないったら」

だから、あのアイドル的笑顔はどこへ消えたんだってば。

「じゃあ、例の女の子たちは」

「従業員におこづかいでも渡されて、帰っただけだよ」

「そんな！」

「ないはずの部屋なんだから、そこにいたお客にも消えてもらわないとまずいじゃない。リストにある部屋番号の空欄は、キャンセル扱いにでもすればいいし」

それでも女の子が心配なら、携帯にかけてみりゃいいじゃん。そう言って隼人くんはグラスの中の氷をからからと回した。

＊

説明されてみれば、ごく単純な事件だった。けれどやはり僕一人では、到底この謎を解くことはできなかっただろう。すっかり暗くなった道を二人で歩きながら、僕は隼人くんにたずねる。

「ところで、今日は私服に着替えてくると思ったんだけど」

ミユとトモコという得体の知れない相手と会うというのに、用心深い彼が制服姿で現れたのは何故なのか。僕はずっと気になっていたのだ。

「んー、なんでだろうね。ちょっとした気まぐれだけど」

もしかして、僕にお礼を言ってくれた二人を信じてくれたのだろうか。

「ま、ブレザーのエンブレムは隠してたし、パンツも指定のものと違う色のやつにはき替えてきたから、ぼくもなんちゃってだよ」

「なーんだ、やっぱりしっかりしてるな」

言いながら僕は、ほんの少しがっかりしていた。自分のことをさりげなく隠すことができないのは、お人好しの田舎者のような気がして。そんな僕の背中を、隼人くんがぱこんと叩く。

「でも前のぼくだったら、そもそもあの二人に会おうとは思わなかったはずだよ」

「そう？」

「うん。これはひとえに、二葉さんがすすめてくれたマンガの効果だと思うな」

「人情野球マンガ？」

「そうそう。人情、人情」

隼人くんは歌うようにくり返しながら、僕の前をすいすい歩く。そして分かれ道に差しかかった所でくるりとふり返り、鞄から一冊の文庫本を出した。

「渡すの忘れてた、今月の宿題」

街灯の明かりに照らしてみると、『シャーロック・ホームズの叡智』というタイトルが見える。

「ホームズかあ、古典中の古典だね。僕も子供向けの本では知ってるよ」

「ホームズものって、案外殺人事件じゃない話が多いから二葉さんにはいいと思ってさ。特にこの本には、今回の事件を考えるにはぴったりのテキストが入ってるんだ。それがどの話かは、読んでみてのお楽しみだけど」

「それじゃ今度会うまでに、勉強してくるよ」

僕がうなずくと、隼人くんは満足そうに笑って手を振った。五月の宵は、どこからか草木の匂いがする。

「いつか、もっともっとでっかい犯罪を解決できるといいね！」

三日月の照らす道を駆けてゆく隼人くん。僕はその小さな背中に向かってこうつぶやく。

いや、できれば犯罪は避けて通りたいんだけど。

＊

そして後日、僕は約束通りミユとトモコに事の詳細を記したメールを送った。そして件の女の子には、結局電話をかけることはなかった。まあ、かける必要もなさそうだというのが本当のところだけど。

しかし二人からの返事には「二葉さん、マジシブい！」と書いてあって、僕は再び頭を抱えることになる。この誤解、どうやって解くべきなんだろうか。名探偵みたいなシブいキャラクターは、僕のがらじゃないんだけどな。ていうか隼人くんには、解く気があるんだろうか。

そして当の隼人くんといえば、そのメールを見て「あの人たち、頭悪すぎ」と笑っていた。

伊藤二葉、十八歳。大学に入ってから何故か中学生とギャルの友達ができました。多分、みんないい子だと思いたいんですけど。

三話

Teacher and Me ✳✳✳ Tsukasa Sakaki

逃げ水のいるプール

じりじりと照りつける太陽の下、キャミソールとデニムのミニスカートで歩く薄着の女の子。それを見た友人は鼻の下を伸ばして僕の脇腹を小突く。

「夏って、いいよな」

しかし僕は彼女の差した黒い日傘を眺めながら、こんなことを考えている。

(どうして男には、ろくなUVケア商品がないんだろう)

ものの本によると、オゾンホールの拡大による影響が深刻化しているオーストラリアでは、紫外線が皮膚ガンの原因になるとして、小学生にもUVケアをさせているらしい。そしてここ日本でも紫外線は肌の大敵、と毎日のように化粧品のコマーシャルが流れている。なのに。

(男は皮膚が傷もうが、皮膚ガンになろうがどうでもいいって?)

そういえば、宇宙線っていうのも身体には良くないと聞いたことがある。外を歩くだけでこんなに危険にさらされてるなんて、小さい頃は考えたこともなかったけど。

(地球温暖化って、ホント恐いな)

僕は雲一つない空を見上げて、ため息をつく。

伊藤二葉、十八歳。今日も今日とて不安で一杯です。

＊

講義が終わった教室に友人の山田と残っていると、クラスメートの白井が声をかけてきた。

「伊藤」

ふり向くと、そこには黒い影が。じゃなくて、まだ夏休み前なのに真っ黒に日焼けした顔がそこにあった。白井は体育会系のクラブに入っていると聞いたことがあるから、練習で焼けたのかもしれない。

「なんだい」

「あのさ、確かお前ってこの近くに住んでなかったっけ」

「そうだけど、どうして？」

僕が首をかしげると、白井は鞄から何やらチケットを取り出して見せた。

「これ、やるよ」

薄い水色の紙に、黒一色の単純な印刷。まるで手作りのライブチケットかと見まごうばかりのそれは、よく見れば区民プールのチケットだった。

「俺さ、ここんとこずっとそこで監視員のバイトやってるんだ」

「そういえばお前、水泳部だったな」

山田の言葉に、白井はうなずく。

「ああ。ついでに言うと、区民プールの監視員は代々うちの一年がやることになってるんだ」

なるほど。地元のバイトを部員が代々受け継ぐというのは、よく聞く話だ。

「いいね、特技を生かしたバイトって」

しかし白井は浮かない顔でこうつぶやく。

「よくないよ。だって今年の一年は人数が少ないから、休みはほとんど区民プールで潰れちまうんだ。せっかくの夏休みだってのに」

「でも女の子とかも来るんだろ？　目の保養でもしてりゃいいじゃんか」

にやにや笑いを浮かべた山田に、白井は力無く首を振った。

「あのなあ、区民プールに来る客層を考えてみろよ。メインは小さい子供とその付き添い。

次に多いのが小学生、たまに中学生がいればギリギリ女かなって感じなんだぞ」

「そりゃあ、お気の毒さま」

せめて海辺の監視員だったら、ロマンチックな出会いも期待できたろうに。僕は白井のよく鍛えられた二の腕を見ながら軽く同情した。

「しかも俺、万年金欠病だからこの夏はわりのいいバイトでがっつり稼ごうと思ってたのにさ」

「区のバイトってやっぱ時給、安いのか」

「まあ監視員だからちょっとは高いけど。でも普通に探したバイトの方がよっぽど金になるよ」

だからバイト代で海、ってのも夢のまた夢さ。白井はそう言って立ち上がった。

「ま、そんなとこで良かったら来てくれよ。俺はこの夏、ほとんど毎日いるからさ」

去ってゆく白井の後ろ姿を見ながら、山田がふとつぶやく。

「あいつさ、名前裏切ってんよな」

「え？　それってどういうことだい」

僕の質問に、山田は顔を指さして笑った。

「白井なのに、黒いじゃん」

＊

もうすぐ夏休み。とはいえ僕にはたいした予定があるわけでもない。旅行といえば、推研の合宿で長野県に行くことぐらいだ。なのに。

「夏休みの予定？　ヨーロッパ旅行だけど、何か？」

クーラーの利いた部屋で平然とそう言ったのは、瀬川隼人くん。僕が家庭教師をしている生徒であり、また僕にミステリーを教えてくれる先生でもある。

「ヨーロッパ……？」

「そう。今回はドイツ語圏を回るんだって。めんどくさいよね。ぼくは一つの国にゆっくり滞在する方が好みなんだけど」

「はあ……」

ちなみに僕は、まだ日本を出たことすらないんだけど。

「でもお父さんとお母さんの好みだからさ、しょうがないよね。どうして中高年の人たちって、ロマンチック街道とか好きなんだろ」

隼人くんはそう言って、アイドル雑誌のグラビアに載っているような表情で唇を尖らせた。

「うーん、それはやっぱり歴史とか文化が魅力的だからじゃないかなあ」

「でもさ、小さい頃からそういうのばっかりだと、いい加減飽きるんだよ」

もううんざり、という表情で隼人くんは机に頬杖を突く。僕も一度でいいから、海外旅行にうんざりしてみたいものだ。

「子供の立場から言わせてもらえばさ、やっぱ基本の海とか行きたいよね。夏なんだし」

「海かあ」

「そうそう。山もいいけど、ぼくは断然海派だな。それに広いプールもいいよね。旅行先のホテルにあるプールなんて、いつもすっごくちっちゃいからさ」

目をきらきらさせながら、ウォータースライダーやかき氷の話をする隼人くん。そんなときの彼は、いつもの大人びた表情とは違って年相応に子供っぽく見える。僕はそんな彼を見るたび、ちょっとばかり微笑ましい気分になるのだ。

「あ、そうだ。プールと言えばさ」

僕は昼間、白井から貰ったチケットの存在を思い出す。

「なにこれ。区民プール?」

チケットを手に首をかしげる隼人くんを見て、僕は一瞬ものすごい後悔に襲われた。

(馬鹿だな。ヨーロッパ旅行に行こうって相手に、遊園地のプールならともかく区民プールなんて)

行くわけがない。そう思いながらも僕は一応ことの経緯を説明する。

「えーとね、僕の大学の友達がここで監視員のアルバイトをしてるんだ。それでチケットを貰ったんだけど、隼人くんならここの区民だし丁度いいかなって」

「ふうん」

手作り感溢れた色紙《いろがみ》を弄びながら、隼人くんは二つ折りの携帯電話を開いた。うーん。もしかしてこれは、話題を変えようとしてるんだろうか。いや、きっとそうに違いない。しょぼい誘いをむげに断るのも悪いから、何か予定を探しているんだろう。

「で、二葉さんはいつが暇なの」

ボタンを操作しながら、隼人くんがふっとつぶやく。

「へ？」

「だからさ、いつ行くの？　二葉さんの知りあいがいるんだから、一緒に行くってことでいいんだよね？」

思いがけない返答に、僕の頭は一瞬動きを止めた。

「あ、行くんだ……」

「なにそれ。自分が誘ったくせに」

変なの、と言いながら隼人くんは携帯電話のカレンダー画面を僕に見せる。

「ちなみにぼくの予定はここに旅行がどんと一つあるだけで、後はなんにもなし。だから二葉さんに合わせるよ」

「えーと、じゃあ八月最初の週の水曜日なんかどうかな。週末は混みそうだから」

「オッケー。そしたら待ち合わせは、公園の入り口に十時で」

スケジュールを素早く打ち込んだ隼人くんは、チケットをひらひらと振りながら嬉しそうに笑った。

「二葉さん、プール後のかき氷は絶対だからね」

＊

翌週、僕は家から自転車に乗って公園にやってきた。空は快晴。気温は朝から三十度を軽く突破して、絶好のプール日和だ。

「二葉さーん」

木陰で一息ついていると、道の向こうから隼人くんが手を振りながら近づいてくる。彼もまた自転車に乗っているのだけれど、よく見るとそれはスポーツブランドが出しているお洒落なBMXだった。量販店で安さを第一に選んだ僕の自転車とは、えらい違いだ。

「おはよう」

「あっついねー。早く水に入りたいよ」

再び自転車に乗って公園の中を走ってゆくと、やがて正面に区民プールの看板が見えてきた。これまた手作り感溢れる、下手ウマな浮き輪のイラスト入り。

「実は僕、ここに来るの初めてなんだよ」

心地よい微風を浴びながら、僕は隼人くんに話しかける。

「そっか。二葉さんはこの春に越してきたんだもんね」

「そうそう。だからそれなりに楽しみなんだ。隼人くんは小さい頃とか、よく来たのかな」

「うーん、すっごく小さい頃はね。でもここんとこ来てなかったから、少しは変わってるんじゃないかな」

夏の日射しの下、薄茶色の髪をなびかせて自転車をこぐ隼人くん。なんていうかもう、絵になりすぎて隣にいるのが恥ずかしくなるくらいだ。しかし次の瞬間、隼人くんは急ブレーキをかける。

「二葉さん、あれ見て！」

「え？　何？」

慌てて彼の指さす方向を見ると、そこには予想外の建築物がそそり立っていた。透明感のある素材で出来た、曲がりくねった青い筒。高さは二十メートルほどあるだろうか。

「ウォータースライダーだよ！　ぼくの小さい頃は、あんなのなかったのに！」

興奮する隼人くんの隣で、僕は呆然とその筒を見上げていた。あり得ない。区民プールにウォータースライダーが存在するなんて、絶対あり得ない。少なくとも僕の育った町では、市営プールなんて学校のプールがちょっと広くなった程度のものだったはずだ。

（ていうか、チケットとか看板のイメージが裏切りすぎだから！）

立ちこぎになった隼人くんを追いかけつつ、僕は施設の外観を観察する。クリーム色の壁にはひび割れ一つないし、入り口の脇には流行りのカフェっぽい食堂まで併設されている。ということはおそらく、ここは近年建て替えられたばかりなのではないだろうか。

「早く早く！」

駐輪するのももどかしげに、隼人くんが手招きをする。ガラス張りのエントランスを入ると、チケットと引き替えにロッカーの鍵を渡された。僕は三十三番で、隼人くんは三十五番。腕時計よろしく手首に巻くタイプのそれだけは、僕の町と同じでなんだかほっとする。

「しかし広いねえ」

いつもの癖で施設内の地図を記憶していると、どうやらここには冬季用の屋内プールもあることがわかった。そして二階にはトレーニングジム、三階にはヨガやダンスのためのスタジオまである。

「うちの区って、お金余ってんのかな」

珍しく一緒に地図を眺めていた隼人くんが、肩をすくめた。

「ま、税金をこういう形で還元してくれるぶんには文句ないけど」

ともかく早く着替えなきゃ。駆け出さんばかりの勢いで隼人くんは更衣室の角を曲がる。

＊

一歩踏み出すと、懐かしいカルキの匂いが鼻をついた。

「うわあ、近くで見ると結構大きいね」

件のウォータースライダーを見上げて、隼人くんが笑う。しかし僕は、なんというかうまく笑えない。

「これ……ホントに滑るのかい？」

「あったり前じゃん。ていうかこれやんなきゃ始まらないでしょ」

適当な準備運動をしつつも、隼人くんの目は巨大な滑り台にくぎづけだ。

「ほら、二葉さんもアキレス腱とか伸ばして」

急かされるままに身体を動かしながら、僕はスライダーの設置面や角度などを入念に観察した。いくら丈夫な樹脂で出来てるといったって、ひっきりなしに人が滑り降りてくる状態では、いつ事故が起こるかわからない。

（まず一番ありがちなのが追突。当たり所が悪ければ、頭に重傷を負う可能性があるよね。次にありそうなのは、樹脂のひび割れによる怪我かな。ていうか、肌がずたぼろになるのって絵的に恐すぎる！）

どんなときでもすぐに最悪の状況を想像してしまう僕は、当然のことながらこういった危険を感じさせる遊具が苦手だ。しかもよく見ると、スライダーのそばにはベージュのジャンパーを着た区役所の職員と思しき男性が立ち、何やらメモを取っている。

（絶対。絶対設計ミスとかあるんだ！　底面に留めてあるビスが緩《ゆる》んでるとか、角度が急でぽっきり折れそうな所があるとか！）

ぶつぶつとつぶやく僕を尻目に、隼人くんはいつの間にか運動を終えている。

「ほら、行くよ二葉さん」

「いやあ、僕はここで見てるよ。一応保護者だし」

「何言ってんの。恐くなんてないから、ほら」

「でも……」

隼人くんに強く手を引っ張られて、僕はしぶしぶ歩き出した。絶望と諦《あきら》めに彩られたその心境たるや、まさに市場へ売られてゆく仔牛そのものだ。

「さすがに高いだけあって、眺めがいいね！」

長い階段を登り、スタート地点に立った隼人くんは大きく伸びをしながら遠くを眺める。しかし僕はといえば、これから立ち向かう恐怖で頭が一杯で、ろくな返事も出来ない。

「滑っちゃえば一瞬だし、筒の中なんだから飛び出したりもしないって」

「う、うん」

「じゃ、ぼく先に行くね」

軽く手を振って、隼人くんは滑り台の頂上に腰を下ろした。そして脇に立っている係員の指示に従って、カウントダウンが始まる。

「用意はいいかい？　じゃあ三・二・一・スタート！」

かけ声と共に隼人くんの姿は、チューブの中に吸い込まれていった。下をのぞきこむと、彼の小さな身体が勢いよく滑り落ちてゆくのが見える。

（無理。絶対無理だから！　棄権させてもらうしかない！）

僕はスタートラインの前で、思わず後ずさりをした。すると係員の男性が、いきなり僕の腕を摑む。

「え？　な、なんですかっ！」

「いい大人が恐がってちゃ駄目だろ。伊藤」

自分の名前を呼ばれて我に返った僕は、思わずその係員の顔を見返した。

「……白井！」

「今日はこっちの当番なんでね。ほら、後がつかえちまうからさくさく行くぞ」

力任せにスタート地点まで引っ張りこまれた僕は、否応なしに座らされる。

「ちょ、ちょっと」

待ってくれよ。そう言う間もなく、白井はカウントダウンを始めた。

「はい。それじゃ行きまーす。三・二・一……」

「いや、だから……」

棄権したいんだってば。そう訴えようとした瞬間、僕の背は白井の手でぐっと前に押し出される。

「スタート！」

その後どんなコースをたどったのかは、まるで気を失っていたかのように覚えていない。ただ目の前に広がるブルーのチューブと、限りない疾走感。そして出口からぽんと吐き出されたときの衝撃だけが、身体の記憶として残っている。

水の中に落ちたときは、もうすでに天地がわからない状態だった。まるで雪崩《なだれ》に巻き込まれた登山家のように、僕は空気を求めてがむしゃらにもがいた。光。とにかく光のある方へと上らなきゃ。

すると呆気ないくらい簡単に足は底を捉え、僕は立ち上がることができた。

「……あれ？」

眩しさに目を細めながら見回すと、そこは僕の腰ほどの深さしかない場所だった。

「二葉さん、水深一メートルで溺《おぼ》れちゃ駄目だよ」

近寄ってくる隼人くんが、苦笑している。

「別に溺れてなんかないよ。ただ、上にいた係員が例の知りあいだったからびっくりしただけで」

ものすごく苦しい言い訳だけどそこはそれ、年上ってことで見逃して欲しい。

「ああ、あの人がそうだったんだ」

「うん。後で紹介するよ」

お風呂のような深さのプールで話していると、ついまったりと長居してしまう。そんな僕らのそばを、浮き輪に乗った子供が嬉しそうにぱちゃぱちゃと通り過ぎていった。それを見た隼人くんと僕は、やはりこれではいけないと深いプールの方へと向かう。

＊

五十メートルを、もう三往復はしただろうか。僕は平泳ぎ、隼人くんはクロールでそれぞれに泳いでいる。

「これ、毎日やったらいい体になりそうだなあ」

プールサイドに腰かけて、僕は一息ついた。あたりを見回すと、パラソルの下でおにぎりやかき氷を食べている人の姿が増えている。昼が近いのだ。

ちょうどターンしに戻ってきた隼人くんに、僕は声をかける。

「そろそろお昼でも食べに行かないか」

「了解。じゃあ最後にもう一往復してくるね」

言うやいなや、隼人くんは今までよりもスピードを上げて泳ぎだした。彼のあげる水しぶきをぼんやり見つめていると、不意に昔の記憶が甦《よみがえ》る。

兄貴と僕と妹と、三人でよく行った市営プール。妹が小さい頃は浅いプールで手を引いてやるのが僕の役目だったっけ。耳や鼻に水が入ったと言っては泣く妹を、兄貴はプール脇のコンクリートに寝かせていた。

「水が入った方の耳を下にして、しばらくじっとしてるんだぞ」

言われるがまま横になっていると、しばらくしてじわりと水が流れ出す。

「へーんなの」

温かいコンクリートに頬をつけた妹と僕は、くすくすと笑った。そしてお昼といえば、決まってアルミホイルにくるまれたおにぎりとゆで卵。ふりかけた塩は、水っぽくなった口にとてつもなくおいしく感じたものだっけ。

「二葉さん」

「え？」

「お昼行くんじゃなかったの？」

「ああごめん。ぼうっとしちゃって」

慌てて立ち上がった僕は、隼人くんと二人で建物の方へ向かう。どうやら売店や食堂はプール側からも入ることができるようで、トレーを持った人々が歩いてくる。きゃあきゃあと騒ぎながら水着姿でソフトクリームを買っているのは、中学生くらいの女の子たちだ。

「買うだけなら水着でもいいみたいだね」

「あ、でも財布がないよ。やっぱり一回ロッカーに戻らないと」

壁のように上下二段のロッカーが立ち並ぶ通路で僕らは軽く体を拭き、上からTシャツを被った。幸い二人とも短パンのようなデザインの水着を着ていたため、こうしてしまうと普通の服のように見えるのだ。

「これなら建物の中でも食べられるね。中と外とどっちがいいかなあ」

食堂に入り、メニューを眺めると僕は本日何回目かの衝撃に襲われた。

（ステーキセットって……！）

公営の食堂、それもプールで出すものといえばおでんにラーメンにそばやうどん。ちょっとがんばってミートソーススパゲティ。勝手にそんなイメージを抱いていた僕は、食券の自動販売機を前にして打ちひしがれている。

（……都会なんか嫌いだ）

しかし冷静な隼人くんの声が、僕の絶望を救った。

「へえ。ステーキの牛は姉妹都市の牧場から、って書いてあるよ。さすが区営って感じだね」

なるほど。そういう理由があってのステーキなら納得がいく。ようやく落ち着いた僕は、あらためてメニューをじっと眺めた。カレーはライスかナンが選べて、パスタにはグラタンやラザニアまで揃っている。どちらにせよ、この充実度は僕の知っている施設とは段違いだ。

「中で食べるなら定食もいいけど、外で食べるならぼくは断然カツカレーだな。二葉さん、どうする?」

「うーん……せっかくだから外で食べようか」

「オッケー」

さっそく食券のボタンを押した隼人くんに続き、僕も購入する。チャーシュー麺におでんの盛り合わせというゴールデンコンビだ。

「ラーメンにおでんって、不思議な取り合わせだね」

トレーを持って並びながら、隼人くんが首をかしげる。そんな彼に向かって、僕はちっちっと指を振った。

「プールでおでん。これは基本なんだ」

「ふーん」

昼時でそこそこ混み合った食堂には、どうやらプールのお客さんだけではなく近隣の人々や役所の人も来ているらしい。僕らが並んでいる列の前方にも、プールサイドで見かけたベージュのジャンパーを着た男性がいた。

カウンターで料理が出来上がるのを待っていると、目の前を見知った顔が横切った。

「白井！」

僕が声をかけると、白井はこちらに気づいて手を振る。そしてそのまま近づいてこようとしたかに思えたのだが、彼は何故か突然顔色を変えてくるりとUターンしてしまったのだ。

「なんだ、あいつ」

「あの人だよね。さっきスライダーの上にいたのって」

「うん。そうなんだけど」

腹でも痛くなったのかな。僕がそう言うと、隼人くんが「冷えるからね」と笑う。出来上がってきた料理を持ってプールサイドのテーブルに陣取ると、少し遅れてトレーを持った白井がやってきた。

「さっきは悪かったな。ちょっと事情があって」

や、こんちは。隼人くんにも声をかけて彼は席に着く。ちなみにメニューは大盛りカレーにたぬきうどん。炭水化物の祭典といったところで、さすがは体育会系の食欲だ。

「ところで伊藤、目の保養を抜きにすれば結構いいとこだろ、ここ」

豪快にうどんをすする白井に、僕と隼人くんはうなずく。

「プールが充実してるわりに空いてるし、いいよね」

「ぼく、通っちゃいたくなったよ」

「じゃあまた後でチケットやるよ。近所に知りあいが少ないから、余ってんだ」

やったね。ガッツポーズを決める隼人くんの横から、僕はおでんの皿を差し出す。

「よかったら三人で食べないか」

「お、おでんか」

「二葉さんいわく、プールの基本なんだそうです」

さっそく箸をのばす白井と隼人くん。僕もふわふわのはんぺんを大きくちぎって口に運んだ。よくだしの染みたあつあつのおでんは、少し冷えた身体の中をじわっと温めてくれる。

「うーん、確かになんかおいしいかも」

目を細めた隼人くんは、さっそく次の大根に取りかかった。

「おでんなんて、久しぶりだなあ」

感無量《かんむりょう》、といった表情で白井は卵を頬張る。

「俺、金がないから兄貴のアパートに住んでるんだけどさ。男二人の食卓ほど殺伐としたものはないぜ」

「でも最近はコンビニでもおでんとか売ってませんか」

確かに。僕もこんにゃくを齧りながらうなずいた。しかし白井は眉間に皺を寄せて首を振った。

「二人ともわかってないな。うちはな、俺だけじゃなく兄貴も万年金欠病なんだよ。だから百円あったらコンビニのおでんを一品買うより、九十九円ショップの餃子十個入りを選ぶんだ」

つまり、おでんは贅沢品《ぜいたく》なんだよ。うどんの汁をスープがわりにすすって白井は説明する。

「カレーは一番安いメニューで、その大盛りでも五十円増し。たぬきうどんは天かす入れ放題だもんね」

隼人くんの指摘に、白井は苦笑してうなずいた。

「お、よく見てるな。その通り、これはこの食堂で一番安くて満腹感を得られる組み合わせなんだ」

勢いよくカレーをかき込んだ後、白井は腕の防水時計を見ながら立ち上がる。

「さて、俺はもうすぐ仕事に戻らなきゃ。二人はもっとゆっくり食べて、きちんと食休みしてから泳ぐんだぞ」

「説得力ないなあ」

「気にしない、気にしない。それじゃ伊藤、隼人くん、またな」

チケットはまた伊藤に渡しておくから。そう言い残して白井はロッカー室へと消えた。

＊

白井の言うとおりきちんと食休みをとり、いざ午後のひと泳ぎに向かおうとしたとき、小さな事件が起こった。脇見をして歩いていた僕が、人にぶつかったのだ。

「あ、ごめんなさい」

ぶつかった拍子にばさりと音がしたのは、何かを落としてしまったのだろう。

「いえ」

そう言って軽く頭を下げたのは、さっきも食堂で見た区役所の人だった。遠目にばかり見ていたから年上の人だと思っていたけど、こうして近くで見ると案外若い。僕は落とした物を拾うと、何気なくそれに目を落とした。よく見ると小さなメモに、ぎっしりと数字が書き込んである。

(こ、これってもしかして、危険な構造物の情報とか?)

彼が午前中スライダーのそばで手にしていたメモだとすると、その可能性は高い。だとしたら、これは覚えないわけにはいかない。

(二・三・四……)

しかし僕が情報の取り込みをはじめたところで、そのメモは奪われた。

「あまり、見ないでもらえますか」

眉間に皺を寄せた彼が、メモをぱたりと閉じる。やはり外部に漏らすべき情報ではなかったのだろう。けれど僕の頭の中には、すでに内容が保存されていた。

(これ、何をあらわしているんだろう?)

「あ、すいません」

僕が謝るより早く、彼は歩き出していた。よほど区民に知られたくないらしい。しかし僕はメモに書かれた奇妙な数字が気になって、足が止まったままだ。

「大丈夫?」

先に歩いていた隼人くんが近づいてくる。

「うん。でもなんだろう、あれ……」

「あれって？」

首をかしげる隼人くんに向かって、僕は説明する。

「なんかさ、ちょっとミステリーに出てくるあれに似てるんだよね」

「だからあれって何さ」

「暗号」

言った瞬間、しまったと思ったが時すでに遅し。

「暗号？　何それ？　面白そう！　早く教えてよ」

ミステリー好きのスイッチがかちりと押された隼人くんは、興奮した面持ちで僕を見上げている。

「あ、でも紙がないと……」

口ごもる僕の手を引いて、彼はプールサイドに移動した。そして打ちっぱなしのコンクリートが露出している場所を選んで、腰を下ろす。足の裏に感じるざらりとした感触が、ほのかに懐かしい。

「ちょっと待ってて」

隼人くんはそのまま駆け出すと、プールの縁にかがみ込んで両手に水を汲んできた。

「はいこれ。これでそこに書いてよ」

「そういうことか」

乾いたコンクリートに水で数字を書けということらしい。そこで僕は記憶の画像を呼び出し、指を水に浸して地面をなぞった。

「1・3（11・35）・5・7・9（11・57）・11？」

「何がなんだかわかんないよね」

「共通点は、みんな奇数ってとこくらいかな」

ちなみに点を間に挟んだ数字は、29まで書いてあった。ただし括弧のついた数字は、3と9のところ以外には見当たらない。

「多分建築関係の数字じゃないかと思うんだけど」

だって彼はずっとスライダーのそばにいたから、と説明すると隼人くんは首をひねった。

「でもさ、そうしたらこんな規則的な数字を書くかなあ。何メートル地点とかならわかるけど、奇数の羅列っておかしいよね」

「じゃあ括弧の中の数字が大切だったりするんじゃないかな。例えばスライダーの直線を偶数、曲がり角を奇数として数えると3の地点と9の地点に不具合が生じていたとか」

僕がそう言うと、隼人くんは感心したような表情でうなずく。

「二葉さん、進歩したよねえ。なんていうか考え方が自然で、ミステリ的にはありな解答だよ」

　褒めるのはなんにせよ嬉しい方だけど、これは素直に喜ぶべき場面なのだろうか。そう思った僕は、彼に向かって中途半端な笑みを浮かべる。

「でもさ」

　隼人くんはスライダーの方を眺めてつぶやく。

「言っちゃなんだけど、あのスライダーって遊園地とかにあるやつと比べたら、ちっちゃいよね。二十九もカーブがあるとは到底思えないんだけど」

「そう言われれば、そうだね」

「それにさ、普通不具合を見つけようとするなら元の設計図とか、そういったもののコピーに書き込んだりしない？」

　それは区の極秘事項だから、と言う僕に隼人くんは重ねて言う。

「そんなに秘密にしたい情報だったら、そもそもプールが休みの日に調査すればいいだけの話だよ」

　では何故利用者がいる日に調査をしているのか。百歩譲って利用中の調査をしているとしたら、それは危険に関する調査ではないと隼人くんは言う。

「だって人に使わせた上で危険度を計ったりしたら、区の責任問題になるから」

つまり、危険な部分の調査でなければ既にある設計図や表を使うのが自然な行動のはずだ。

「……それにしても、暑そうだよなあ」

午後になって勢いを増した太陽の下、ジャンパー姿の男性は未だプールサイドで何か調べ物をしている。どんな作業なのかはわからないが、他人事ながら大変そうだ。

「でもなんかあの人、気になるんだよねえ」

脇に下げたショルダーバッグからハンカチを出す男性を見て、隼人くんは眉間に皺を寄せる。

「気になるって、どこがだい？」

「だって白井さん、あの人を見て逃げたでしょ」

＊

白井が逃げた？　いきなり彼の名前を出されて、僕は面食らった。

「ちょっと待って。それって食堂で白井に会ったときのことかい」

「そうだよ。よく考えたらあのとき、僕らの前方にはあの男の人が並んでたよね。しかも白井さんは二葉さんに気づいて、最初は近寄ってこようとしてたのに急にやめた。あの表情って、まるで会いたくない人を見つけちゃったみたいな感じだったと思わない？」

確かに白井の動きはそんな風に見えなくもない。けど、それがあの男性のせいだと決めつけるのは早急な話ではないだろうか。僕が反論すると、隼人くんはスライダーを指さす。

「監視員は、白井さんの他にもいるよね。深いプール担当の人と、浅いプール担当の人。さっき見たら、この二人は午前と午後で持ち場を交換してた。でも何故か白井さんはスライダーの上に登りっきり。まるで地上にいる人の視線を避けるみたいにさ」

言われてみれば、白井は上に登りっきりで、その下には例の男性が張りついている。するとそこに何か因果関係があると考えるのは、ごく自然なことのように思えた。

「だとしたら、なんで白井は彼のことを避けるんだろう？」

「うーん、それはぼくにもまだわからないんだけど。理由は二つに一つだと思うんだよね」

乾きかけた水たまりに指を浸して、隼人くんはコンクリートに二つの丸を描く。

「一つは、白井さんがあの人個人と何かもめている場合。もう一つは、白井さんが区役所の人と何か問題があった場合」

「ああ、つまりあの制服を着てるから避けてるかどうかってことだね」

「うん。ぼくが思うに、後者の要素が強いと思うんだよね。だってあの男の人自身は、白井さんのことをあまり気にしてないみたいだし」

確かに。彼は黙々と自分の仕事をしているだけで、特に白井を見張っているという印象は受けなかった。

「さっき話した内容からすると、白井さんってあんまりお金に余裕がないよね」

「そうだね。本当はもっと時給の高いアルバイトをしたかったって大学でもこぼしてたから」

「お兄さんと住んでるけど、お兄さんもお金がないって話だった……」

そう言って、隼人くんはしばしうつむいて考え込んだ。その間にも、僕らの背中をじりじりと紫外線が焦がしてゆく。そして隼人くんは顔を上げ、額の汗を拭った。

「お金がない人が区役所の人を避ける。それって、区民税とかの滞納なんじゃないかな」

税金の滞納。それは確かに逃げ隠れしたくなる状態だ。だけど。

「でも白井は僕と同じで十八歳だよ？　まだ納税の義務はないと思うけど」

僕がそう言うと、隼人くんは消えかけた二つの丸を指さす。

「白井さんに義務はない。けど、同じ家に住むもうひとりの人物。世帯主であるお兄さんにはその義務があるんじゃないかな」

「お兄さん？」

「そう。でも税金じゃない。税金なら税務署の人がくる。白井さんは区役所の人を避けてるよね。それなら健康保険だよ。さっき白井さんはお兄さんも学生って言ってたよね。学生でも世帯主なら国民健康保険の保険料を払わなきゃいけない。最近保険料の未納って、問題になってるし」

「ああ、なるほど！」

うっかり納得しかけた僕は、そこではたと問題点に気づく。

「でもちょっと待って。白井は区のアルバイトとして雇われてるんだ。そんな問題があったら首になるんじゃないのかな」

「でも実際に滞納してるのはお兄さんだとしたら、白井さん自身がそういったリストに載ってるとは考えにくいよ。それに周りを見てて思ったんだけどプールで働いている人って、みんなアルバイトで役所の人はほとんどいないみたい」

言われてみれば切符のもぎりは若い人だったし、食堂や売店で働いているのは明らかに近所のおばちゃんと思しき人々だ。そして監視員はご存じの通り、大学の水泳部員たち。

「もし責任者として役所の人がいるにしても、内勤みたいな感じで表には出てないんだろうね」

そういう職場だから、白井さんも安心してたんだろうけど。隼人くんの言葉の続きを僕が引き取る。

「でも、今日に限って役所の人が調査に来た。だから白井は消極的な姿勢で身を隠したんだ」

「そう。見つかったところで白井さんが責められるべき問題じゃないけど、もしあの男の人が白井さんの家を訪問してたりしたら、いい思いはしないだろうからね」

お見事。僕は小さな拍手をして、白井にそれとなく解答を聞き出しておくことを隼人くんに約束した。

「すっきりしたところで、もうひと泳ぎするかい」

立ち上がった僕が深いプールを指さすと、隼人くんは首を振る。

「そっちもいいけど、とりあえずもう一回あれ、やってからね」

「また？」

彼はスライダーに向かって歩き出しながら、いたずらっぽい笑顔で僕をふり返る。

「二葉さん、まさか恐いなんて言わないよね？」

＊

「また来たのか」と白井に笑われながらも、僕は恐怖の筒を滑り降りた。息も絶え絶えに浅いプールから立ち上がると、目の前にはずり落ちたビキニ姿の幼児が、ビーチボールにしがみついて漂っている。そしてさらにその向こうでは、紺色の水着に身を包んだ中学生くらいの女の子たちが車座になっておしゃべりに興じていた。

（まるで温泉だな）

あまりにものどかな光景にめまいを覚えつつ、僕は隼人くんの姿を探す。すると彼はプールの縁に腰かけて、さりげなくジャンパー姿の男性を観察していた。そばに寄っていくと、何やら険しい表情をしている。

「やっぱり気になるんだよね、あの人」

「どういうことだい？」

「だってあの人、なんだかこのスライダーより、滑ってくる人の方を観察してるみたいなんだ」

さりげなく男性の方を見ると、確かに彼の視線は人の動きにつれて移動していた。そして何人かが滑り降りた後、例のメモに何やらまた書きつけている。それをじっと見ていた隼人くんは、おもむろに立ち上がってプールを出た。もしかすると、なにがしかのヒントを摑んだのかもしれない。

「二葉さん。ホントはもうちょっと泳ぎたいんだけど、気になってしょうがないことがあるんだ」

だからもう着替えてもいいかな。そうたずねる隼人くんに僕はうなずいた。

「わかった。ここはまたいつでも来られるから、謎を優先しよう」

更衣室で着替えながら、隼人くんはあたりをきょろきょろ見回していた。まさか以前の事件みたいな犯罪はないと思うけど、用心に越したことはない。しかし僕らが上の段のロッカーを使っているすぐ隣では、若いお父さんが下の段からパンツを出して子供に穿かせている。

(こんな状況で犯罪なんて、考える方が難しいような……)

区民プールに来る人々は、皆あまりお金を持ってこない。だから窃盗はないような気がするし、子供とその保護者がほとんどの場所では暴力沙汰なんてもっとあり得ない。

着替え終わった僕らは、再び駐輪場に戻ってそれぞれの自転車にまたがった。公園の中をしばらく走ったところで、隼人くんはこの地域周辺の地図を見つけて止まる。

「こっちだ」

目的地のわからない僕は、先導する彼についてゆくしかない。木立の中をすいすいと走り抜ける隼人くんは、まるで森に棲《す》む山猫だ。いつもはビルの隙間を知り尽くした都会の猫といった風情《ふぜい》なのに、と僕はこっそり苦笑する。

やがて公園を抜け、車も通る道路を何本か過ぎたところにある建物の前で、隼人くんは自転車を停めた。

「ぼくがトイレを借りるふりしてここに入るから、二葉さんはその付き添いみたいな顔してててくれる?」

「オッケー」

「それでぼくがいない間、カウンターの中にいる人たちの格好を観察してほしいんだ」

覚えればいいんだね。僕が言うと、隼人くんはこくりとうなずいた。

「じゃ、行くよ」

隼人くんが奥へ入っていった後、僕はそれとなくカウンターの中にいる人々を見た。働いているのは男性が二人に、女性が二人。男性は襟《えり》つきの半袖シャツに、スラックスやチノパン。女性はやはり襟つきのブラウスにスカートやパンツといった服装で、基本的に私服を着ているように思えた。

やがてトイレから出てきた隼人くんは、あたりに響き渡るような声でお礼を言う。

「ありがとうございました！　おかげで助かっちゃった」

その無邪気な笑顔に、カウンターの中にいた女性の顔がふっと緩んだ。ここでも彼の笑顔は無敵らしい。

「どういたしまして。またいつでもどうぞ」

その女性の胸元をちらりと見て、隼人くんはさらににっこりと笑う。

「ところでお姉さん、そのシャツの色すっごく綺麗だね」

「あら、お上手だこと」

本当はお姉さんよりも微妙におばさん方面に傾いている彼女は、嬉しそうに微笑んだ。

「ぼく、こういうところってみんな茶色い服とか着てると思ったから、びっくりしちゃった」

「ああ、それは秋冬の場合ね。それでも着なきゃいけないって決まりはないから、カーディガンみたいに使ってる人がほとんどだけれど」

今はほら、こういうものがあるから。そう言って彼女は首にかかったネームタグを示す。

それを見てようやく僕にも事態の重さが呑み込めた。

プールにいた男性は、区役所の職員を装った偽物だ。


区役所の出張所を出た隼人くんに、僕は興奮して話しかける。

「クールビズってことだね。だからこの時期、区役所の職員でジャンパーなんて着てる人はいないんだ」

壁にも『地球温暖化対策の一環として、夏期の服装は二十八度の冷房に対応できるものにします』と書いたポスターが貼ってあったし。僕の言葉にうなずいた隼人くんは、さらに驚くべき情報を追加する。

「そう。あれは秋冬の格好だよ。それにあの人は首から下げたネームタグもない。ジャンパーだって近くで見たら、区のマークの刺繍《ししゅう》が入ってなかったし」

「つまり、それっぽい格好をしてるだけの一般の人ってこと?」

「うん。だってもし建築関係の人だったら、許可証みたいなタグを下げてるはずでしょ?じゃなきゃなんとか工務店、みたいな会社のマークがジャンパーに入ってるとかさ」

自転車をこぎながら、僕は新たなる疑問に首をかしげた。

「じゃあ、あの人は区役所の職員のふりをして何をしてるんだろう?」

「それを解くカギはきっと、あの数字だと思うんだけど」

再びプールが近づいてきたところで、僕らは自転車を停める。公園内のベンチに腰を下ろし、隼人くんは僕に手近にあった棒きれを渡した。

「1・3（11・35）・5・7・9（11・57）・11……」

土をひっかいて暗号を書くと、隼人くんがつぶやく。

「いい年をした男の人が、人の目を盗んでプールでしたいことって、なんだろう？」

「ここが区民プールじゃなくて海の家だったら、ナンパとかあるんだけどね」

「ナンパ？」

金がないから海にも行けない。だからこの夏は女っ気がなくて寂しいって白井もぼやいてたし。僕が冗談めかして言うと、隼人くんはいきなり顔を上げた。

「そうか、性犯罪！」

「え？」

「二葉さん、この数字の意味がわかったよ。横に書けばいいんだ」

「横に？」

意味が呑み込めないまま、僕は何気なくその数字を横書きに書き替える。

「括弧を除いてみれば、1・3・5・7・9・11。あのプールで奇数が並んでた所があるんだよ！」

そんな場所あったっけ。僕がたずねると、隼人くんは手首を指さした。

「ロッカーのキー。二葉さんは三十三番でぼくが三十五番だった」

「33・35……！」

僕はあっと声を上げてしまいそうなほど驚いた。確かに背の高いロッカーは上下二段に分かれ、上の段が奇数で下の段が偶数だったのだ。

「括弧の中の数字も、横にしてみよう」

そう言って彼は数字の間に二つの点を書き入れた。すると11：35と11：57は違う数字に見えてくる。

「十一時三十五分と、十一時五十七分？」

「うん。それをロッカーの番号に組み合わせると、こう思えないかな。三番のロッカーを使っている人は、十一時三十五分にロッカー室に入り、九番の人は十一時五十七分に入った」

ロッカーの番号と出入りする時間帯のメモ。そして「性犯罪だ」と言った隼人くん。それら全てを合わせて見えてくるもの。それは。

「もしかして、盗撮？」

耳の後ろを、汗がつっと流れ落ちた。

＊

「でも盗撮するにしたって、あんな子供ばっかりの場所なんて……」

言いながら僕の頭には、考えたくもないようなフレーズが浮かぶ。それは大人になる前の女児ばかりを好む性癖。子供は子供にしか見えない僕からすれば、口にしただけで背筋がぞぞっとなるような言葉だ。

「ロリコンってことだよね。きっと」

そうあっさりと言ってのけたのは隼人くん。

「スライダーのそばには女の子が集まりやすいから、あいつはそこでずっと好みのタイプを物色してたんだ。ずっと鞄を持ってたから、もしかしたらその時点で水着姿も撮影してたかもしれない」

確かにあの男性は、人の姿をそれとなく見てはいた。けれど。

「ターゲットになった子が更衣室に向かったら、ロッカーに仕掛けておいた隠しカメラをリモコンで起動させる。そうやって着替える場面を撮影してたんじゃないかな。ほら、ロッカーって鉄板を曲げて作ってあるでしょ。その折り目の所って大抵空洞になってるから、そこに仕掛けたんだよ」

「あ、でもそれって無理がないかな。ロッカーに隠しカメラを仕掛けるのは夜とかでいいとしても、彼はどうやって女の子のロッカー番号を知るんだい？」

僕がそう言うと、隼人くんは再度自分の手首を指さした。

「だって番号なんて、ここに書いてあるじゃない」

手首につけたロッカーのキー。そのバンドの外側にも数字は書いてあった。あの男はそれを盗み見ていたということか。

「二葉さんがあのメモを見たのは、お昼が終わってすぐの時間だった。だからまだ帰る人はほとんどいなくて、もしいたとしたならお昼を食べに午前中で切り上げた人ってことになる」

だとすると括弧の数が少ないのも、それが昼前なのも納得がいくんだ。隼人くんの説明を聞くと、さらなる疑問がわきあがってくる。

「でも、じゃあどうして奇数……上の段しか書いてなかったんだろう？」

ロッカーは上下二段あるのだから、その全てにカメラを仕掛けた方が効率がいいのではないか。その質問に対し、隼人くんが提示した答えはこれまた驚くべきものだった。

「それってきっと、下の段を使うような背丈の子供は好きじゃないからだよ」

「ええ?」

「だって受付の人は、小さい子供を連れた人には下段のキーを、それ以外の人には使いやすい上段を選んで渡してたんだ。それはしばらく観察してればわかることだし」

全然、これっぽっちもわかりませんでした。でも言われてみれば、僕らのそばにいた親子も下段を使ってたっけ。

「だから小学校高学年以上の女の子は、自動的に上段を使ってたはずだよ。あいつはそれを狙ったんだろうね」

開いた口がふさがらない、とはこのことだ。

「てことは、本人が現場に来なくてもよかったんじゃないかな。だって仕掛けたカメラを後でこっそり回収すれば、それなりに映ってるはずだし。それにわざわざ近くでメモを取るのも不自然じゃないかな? 疑われやすくなるように思うんだけど」

「まあね。でもカメラの電池にも限りがあるだろうから、できるだけ無駄は省きたかったんじゃない? まさに省エネってやつだよね。それに、普通の水着姿も撮りたかったとか。あと、メモに関してはただのポーズだと思うよ。だってただぼんやりあそこに立ってたら、その方が怪しいでしょ。ていうかもしかしたらあいつの第一目的は、とにかく女の子のそばに近づくことだったのかもしれないね」

ま、ぼくはロリコンじゃないからそこんとこ、よくわかんないけどさ。そう言って隼人くんは肩をすくめる。ていうか、僕だってわからないんですけど。

＊

もしあの男が盗撮犯ではないにせよ、不審人物であることに変わりはない。そこで僕はプールに電話をかけ、白井を呼び出してもらい詳細を伝えた。突然のことに驚く彼に、僕は隼人くんに教えられるままこう告げる。

「どっちにしろ、あいつは区役所の職員じゃない。それだけは確かだからさ」

そして三十分後、公園の東屋《あずまや》で涼んでいる僕らのもとに電話がかかってきた。それは興奮しきった白井からで、やはりあの男は盗撮をしていたこと。そしてそれを見つけたおかげで彼の時給が上がったことなどを早口でまくし立てた後、「それじゃこれから警察に行ってくるから」と電話は切れた。

「すごいよ、隼人くん。大当たりだ」

僕が手を叩くと、彼はまんざらでもなさそうに笑う。

「今回は暗号とかあって、ちょっと面白かったね」

でも結末が盗撮ってあたりがしょぼいな。せめてロッカーの中に目玉とか、じゃなきゃバラバラ死体とかのバリエーションくらい欲しいところだよね。そうつぶやく隼人くんの横顔を見ながら、僕は心の中で激しく首を振る。

(嫌だから！　ロッカー開けて指とか出てきたら、絶対嫌だから！)

祝杯がわりに自動販売機で買ったかき氷を食べていると、ふと思い出したように隼人くんがリュックの中を探った。

「そうそう。これ、夏休みの宿題」

渡された包みはずしりと重く、開けてみると中には文庫本が五冊入っている。

「アシモフの『黒後家蜘蛛の会』だよ。紳士が集うクラブでの会話がほとんどだから、上品な印象で二葉さん向きだと思うんだ。短編集だけど五巻まであるから、夏休みに読むのはぴったりだよ」

ちなみに今回の事件に照らし合わせるなら、一巻の後半を読むとそれっぽいのがあるよ。氷イチゴをさくさくと崩しながら、隼人くんは笑う。

「じゃあ夏合宿のテーマは、これで決まりだ」

推研の合宿では各々が好きな作品を読んで、それについての考察を述べるのがテーマだと聞いている。僕は先生に指定された課題図書を鞄にしまうと、メロン味の氷を大きくかきこんだ。

「うわ、ずきーんときた」

「ぼくも舌がじんじんしてきたよー」

木漏れ日と蟬《せみ》の声に囲まれた東屋で、僕らは悲鳴を上げながらかき氷を平らげた。

ちなみに今日一日で、僕の身体にどれほどの紫外線と宇宙線が降りそそいだかなど考えたくはない。だってUVケアのことなんて、これっぽっちも思い出す暇がなかったんだから。

四話

Teacher and Me ✳✳✳ Tsukasa Sakaki

額縁の裏

十月に入ったとたん、急に寒くなった。ついこの間まで夏の顔をしていた空はいきなり高さと青さを増し、かろうじて生き残っていた蝉は、その鳴き声と共にあっけなく姿を消した。

そして窓の外を見てみれば、道行く人は皆示し合わせたように長袖を着てジャケットをはおっている。部屋の中にいる僕はTシャツと短パンにタオルケットを巻きつけて震えながら、お湯を沸かしにレンジの方へと向かう。

（なんか、あったかいもの……）

ガスの火に手をかざしながら、僕はちらりと押し入れの衣装ケースを見た。

伊藤二葉、十八歳。衣替えのタイミングというものがよくわからず、風邪をひきそうで恐い今日この頃です。

＊

大学に入って初めての夏休みは、あっという間に過ぎていった。前半には隼人くんとプールに行ったり、山田と日帰りで近くの海へ行ったりして過ごし、後半には推研の合宿や実家への帰省を済ました。ものすごく盛り上がる出来事があったわけではなかったけど、まあそれなりに楽しく平穏無事な夏だったと言えよう。

「熱帯夜もなくなってみれば寂しいもんだな」

学食のテーブルに肘《ひじ》をついて、山田が珍しくため息をついた。

「ああ、もうキャミソール姿も見れなきゃ生足も見られない」

「お前にとっての夏って、そういうもの？」

「そりゃそうだろ。秋冬のファッションなんて俺には無意味だ」

そこまで言い切られると、いっそ清々しいかも。僕はタンメンをすすりながら、山田を元気づけた。

「まあでもさ、涼しくなると食べ物とかうまいよね」

「食欲の秋、か」

そういえばコンビニの店頭に肉まんが出てたよな。後で食いに行こうぜ。大盛りのカツカレーを平らげたばかりだというのに、山田は生き生きとした表情で語り出す。こんなとき小心者で心配性の僕は、彼のことがちょっとばかりうらやましくなる。

授業も終わってアルバイトへ向かう道すがら、石焼き芋の軽トラックが僕をゆっくりと追い抜いていった。その煤《すす》けたような甘い匂いにつられて、なんとなくおじさんを呼び止め、なんとなく芋を買ってしまう。隼人くんの家に行くのは久しぶりだから、何か手土産があった方がいいかなと後から思ったりもして。

「あら先生、いらっしゃい」

お洒落なタウンハウスのドアを開けると、そこには隼人くんのお母さんが立っていた。会うのはほぼひと月ぶり。僕は九月の前半まで大学が休みだったため、アルバイトは十月からという約束になっていたのだ。

「あのこれ、よかったら食べて下さい」

僕はお母さんに焼き芋の袋を差し出す。すると次の瞬間、彼女の顔がふっと歪んだ。

(もしかして、ここの家の人は焼き芋なんて食べないのかな)

そりゃそうだよね。お茶といったらせんべいや大福が出てくる僕の実家とは違って、ケーキにクッキーが当たり前みたいだし。でも手土産を断るようなタイプでもないから、困らせてしまったのかもしれない。そうしてほのかに落ち込んでいると、お母さんは明るい声で言った。

「もう、困っちゃう。ちょっと太り気味だからダイエットしてるのに、目の前に大好物があるんですもの！」

「あ、お好きでしたか」

「もちろんよ。せっかくだから隼人と三人でいただきましょ。さ、早く上がって下さいな」

半ば腕を取られるようにして、僕は瀬川家のしきいをまたいだ。

「二葉さん、久しぶり」

リビングに現れた隼人くんは相変わらず細身で華奢《きゃしゃ》だったけど、ほんの少し背が伸びているように見えた。

「やあ、久しぶり。ちょっと大きくなった？」

「うん、まあ、ちょっとだけだけど」

たずねると、嬉しそうにうなずく。その拍子に薄茶色の髪がさらりと流れた。

「あ、そういえばこれ。二葉さんにお土産」

そう言って隼人くんは何やら小さな包みを僕にくれる。

「ありがとう。これ、ヨーロッパの？」

「そうそう。ドイツで買ったんだ」

確か旅行先はロマンチック街道だったっけ。思い出しながら包みを開けると、ビアジョッキとソーセージの形を模したマグネットが姿を現した。

「これぞドイツ、って感じだねえ」

「でしょ？　でもさあ、お土産って難しいね」

夏場だから無難《ぶなん》なチョコレートって手は使えないし、クッキーなんかはかさばる。かといって男の人相手にメルヘンなハンカチも困るよねえ。隼人くんは肩をすくめて言った。

「何しろロマンチック、だからさ」

「そんなにロマンチックだったわけ？」

「違うでしょ、隼人」

本当は普通のヨーロッパの街並みだったんですよ。お母さんが笑いながらお茶を淹《い》れるために席を立つ。その後ろ姿を目で追いながら、隼人くんはこそりと僕に囁く。

「本当は古本屋で見つけた『殺人肉屋』ってタイトルの絵本にしようかと思ったんだけど、お父さんとお母さんに止められてさ」

ありがとう、瀬川夫妻。ありがとう！　僕は心の底からそう思った。ミルクティーを花柄のカップに入れて戻ってきたお母さんは、焼き芋に目を細めて言う。

「ああ、おいしそう。でもいけないわ、旅行のせいですっかり胃が大きくなっちゃってるのに」

「お母さん、旅行から帰るたび同じこと言うよね」

「ホント、これから秋だっていうのに困っちゃう」

焼き芋を半分に折ると、中からもわっと湯気が上がった。黄金色の部分をぱくりと頬張れば、甘みが口中に広がる。

「うーん、やっぱ日本は最高！」

隼人くんの言葉に、お母さんと僕は二人してうなずく。ていうか僕は日本以外知らないんだけどね。

そして自習の一時間も終わろうかという頃、ふと隼人くんが顔を上げた。

「ねえ、二葉さん」

「なんだい」

「この本、もうすぐ終わっちゃいそうなんだよね。だから近いうちに次のやつ買いに行きたいんだけど、つきあってくれる？」

頭の回転が速い隼人くんは、問題を解くスピードも速い。夏前に買った問題集は結構な厚みがあったけれど、結局ひと月も持たなかった。

「いいよ。じゃあ明日と明後日、どっちがいい？」

「うーん、明後日かな」

そしたら駅に四時頃ってことで。待ち合わせの約束をして、僕は隼人くんの家を後にした。

＊

帰り道、ＣＤを探しに電車で四つほど先にある大きな街へ出た。夜ということもあって、派手な格好のギャルやストリート系のファッションで身をかためた若者が目立つ。彼らは特に用もなさそうにあたりをぶらつき、適当に固まってはげらげらと笑い声を上げている。

（まだ七時台なのに、真夜中みたいな気がするなあ）

目を合わせたらきっと因縁をつけられるに違いない。そう信じている僕は、できるだけ人が多くて明るい道を選んで歩いた。しかしそんな道のそこここにも、女性を目当てにしたスーツ姿の男たちが立っている。

（ホスト、それともＡＶ。じゃなきゃ英会話？）

そのどれにしたって良い話ではない。僕はこんなときだけ男であることに感謝しながら道を進んだ。すると、いきなり誰かに呼び止められる。

「あの」

何かのキャンペーンらしきミニスカートの制服に身を包んだ女の子が、僕の行く手を遮っていた。

「すいません。いいです」

目を合わせず即座に言い放つ。これは都会に来てから会得したテクニックの一つだ。小心者の僕は、相手の目を見て話すとどうにも断りにくくなってしまう。だから前もって視線は外しておくことにしたのだ。とはいえこんなことばかりしていたら、いつか自分が嫌な人間になってしまうのではないかという不安もある。

「あ、そうじゃなくて」

女の子の声が追いすがる。そうじゃない、っていうのはキャッチセールスじゃない、という意味なんだろうか。

「無料のギャラリーなんです。絵とか、お好きじゃありませんか」

ギャラリー、という言葉に一瞬だけ僕の中のハードルが下がった。それを見てとったのか、彼女は手に持っていたプラスチックのかごからチケットを数枚取り出し、僕の手に握らせる。

「これ、展覧会が無料になるチケットです。行ってもいいし、行かなくてもいいです。とにかく貰っていただけませんか」

「あ、ああ……」

押しつけられたチケットには綺麗な風景画と、僕の知らない外国人の名前が書かれている。こんな絵ばっかりなら、確かに見るのも悪くはないけど。しかし。

「すぐそこ。角を曲がったところにあるギャラリーです。よかったら案内しますけど」

そんな彼女の台詞に、僕はひっかかるものを感じた。すぐそこにあるギャラリーまで、わざわざ案内を申し出るなんておかしくないかな？　そこで僕は小さな嘘をついた。

「すいません、今日は約束があるのでまた今度にします」

するとやはりというかなんというか、彼女は慌てて会話を続けようとする。

「時間がないんですか？　でもこのギャラリーは結構遅くまで開いてるんですよ。お約束の後でも、充分間に合いますから」

何がなんでもギャラリーに来てくれないと。そんな態度を見て、僕はぞっとした。

（絶対！　絶対行かないから！）

考える時間をくれない相手は疑ってかかれ。僕は隼人くんに教わった言葉を思い出す。

「もう、時間がないんでごめんなさいっ!」

腕時計を見るふりをしながら、僕は大股で歩き出す。後ろから彼女の「待ってますね」という声がさらに追いかけてきたが、絶対にふり向かなかった。だって、ふり向いたらとりつかれそうだったから。

*

「その対応で正解だよ。二葉さんもだんだん都会の人になってきたね」

待ち合わせの駅で隼人くんは、うなずきながらガムを口に放り込んだ。

「絵のキャッチセールスって、案外男性がメインターゲットみたいなんだよね。言われるままにギャラリーに入ると、同じお客のふりをして可愛い女の子が寄ってくる」

あなたもこの絵が好きなの? 私もよ! 趣味が合うわね。

「そんな前フリがあって、出口でここの絵を買わないかと持ちかけられる。しかもローンだから一回に払うのは二千円程度。もちろん売りつける側も女性で、芸術に関心のある男性って魅力的です、とか言うんだ」

「そんな……」

　確かに一瞬、僕も油断はしたけど。

「脅して契約させるんじゃなくて、うっとりさせて騙す方式ってことだよ」

　でもひと月の金額は安くても、長いローンを組まされるから面倒だって話だけど。ほっぺたをもごもごさせて隼人くんは説明する。それにしても、こういう知識はどこから仕入れてくるのだろう。少なくとも僕は中学生の頃、絵画詐欺なんて知らなかったけど。彼にたずねてみると、呆気なく答えが返ってきた。

「どうして詳しいかって？　こないだ、詐欺師を主人公にしたマンガを読んだからだよ」

「あ、そう……」

　すいません。わけもわからず謝りたくなった。

「面白くてためになったから、おすすめだよ。今度マンガ喫茶ででも読んでみてよ」

「ああ、うん……」

　相変わらず、どっちが年上かわからない。僕は力無くうなずきながら書店へと足を向けた。

　参考書のコーナーで本を選んだ後、何気なく本を見ていると隼人くんが手招きをする。

「二葉さん、これこれ」

そう言って僕に見せたのは『これで絶対に騙されない！』という宣伝文句のついた詐欺に関する本だった。

「どういうこと？」

中身をぱらぱらとめくると、様々なパターンの詐欺がその手口と共に紹介されている。化粧品や健康食品を法外な値段で売りつけたり、英会話レッスンの代金だけを騙し取ったりと、その内容は多岐にわたっている。

「こういうの、ざっと記憶しておけば安心じゃないかと思って」

「ああ、なるほどね」

隼人くんは僕の特技である記憶術のことを知っている。そこで僕は、主に男性や学生がターゲットになるような詐欺が載っているページを開き、片っ端から記憶していった。元々男子学生はお金を持っていないものと思われているせいか、一分も経たないうちに全てのパターンを記憶することができた。

「はいオッケー」

「うわ、やっぱ早いや」

でもこれで大丈夫だね。隼人くんの笑顔に僕は軽くうなずく。知識があれば、騙されることなんてない。都会をつまずかずに歩くには、情報と素早い判断が必要なのだ。隼人くんはいつも、そのことを僕に教えてくれる。

＊

『ちょっと遅れそうだから時間潰しといてくれ。多分三十分くらいかかると思う』

携帯電話のメールを見て、僕はため息をついた。今日は山田が行きたいと言ったから、わざわざ離れた街のラーメン屋まで足を運んだというのに。

（すっごい大盛りだから事前に何も食べるな、って言ってたっけ）

だとしたらコーヒーショップでお茶するのも考えものだ。かといって駅から少し離れたこの場所には、書店やＣＤショップなども見当たらない。しょうがないから散歩でもしようと歩き出すと、街のそこここにお洒落な店が目についた。

（新宿や渋谷よりも、こういう所の方が実は都会って感じがするよね）

絵本に出てきそうな雑貨を並べた店や、いかにも輸入品ばかりのセレクトショップ。メンズのブティックはカジュアルだけど上品で、ユニクロと無印良品が主なワードローブの僕にはちょっとばかり入りにくい。

けれど晴れた秋の昼下がり、見知らぬ街をさまようのは案外と楽しい。塀の向こうから枝を伸ばした柿の木や、ほんのりと香る金木犀《きんもくせい》。平日のせいか、すれ違うのはベビーカーを押すお母さんや配達の途中であろう郵便屋さん。気持ちがほっとするような風景の中、僕は路地の突き当たりに一軒の店を見つけた。パン屋のような店舗はよく見れば自然食品の店で、その隣には小さなギャラリーが併設されている。

(自然食品とギャラリー？)

どちらもお洒落な店構えのせいか、珍しい取り合わせにもかかわらずその建物は風景にさらりと溶け込んでいた。個人住宅の一階を改築したようなギャラリーの中には、優しい色合いの絵が並んでいる。

「よかったら入っていって下さい」

窓から絵を見ていた僕に、中から声がかけられた。

「え？　あ、いえ」

丁度柱の陰になっていたせいか、人がいるとは気づかなかった。

「無料なので、お気軽にどうぞ」

「あ、ああ、はい」

詐欺の本を読んでからというもの、無料という言葉が一番恐い今日この頃。僕はどうしたものかと思いながら、窓辺で二の足を踏んだ。しかしそんな僕に、中の人物は意外な言葉をかけてくる。

「絵とかお嫌いだったらごめんなさい。でも本当に、もしよかったら」

声と共に顔を覗かせたのは、若い女の子だった。一瞬、頭の中に危険信号が灯る。けれど彼女は先日の『無料ギャラリー』の女の子とは明らかに種類が違う。髪は自然な黒で、服装もブラウスにスカートといったごく普通の格好。少なくともお色気詐欺じゃない。

(ていうか、こんなことばっかり考えてたら本当に嫌な奴になりそう)

ここは真っ昼間の住宅街。夜の繁華街と同じに考えるのはやめよう。僕は自分にそう言い聞かせて、とりあえずギャラリーに足を踏み入れた。

「お邪魔します」

「はい。ごゆっくりどうぞ」

にこりと微笑んだ彼女に、軽い会釈を返す。

(もしこれが詐欺だとしても、断り方や用心のしどころは頭に入ってるし)

室内をざっと見渡すと、ギャラリーはほんの一坪くらいのスペースしかない。そして彼女が座っていたと思しき場所以外に椅子はなく、他の部屋へ通じるドアなども見当たらなかった。僕は頭の中の索引から、チェックポイントを引き出して確認する。

『椅子が二脚あったら交渉や手続き用の可能性があるし、展示室以外の場所へ通じる扉があったら、別室で脅される可能性がある』

うん、大丈夫。それにそもそも彼女は外へ出てまで客引きをしていたわけじゃない。

『アーティストのプロフィールがやけに大仰《おおぎょう》だったり、作品が派手な色使いの場合も要チェック』

壁にかかっている絵は柔らかな色調の水彩画だし、作者のプロフィールなんて飾られてもいない。

(とりあえず安心かも)

そこまできてようやく、僕は絵を眺める心の余裕ができた。とはいえ狭いギャラリーなので、じっくり見ても十分ちょっとで一回りしてしまう。

最後まで見終わったところで、再び彼女が声をかけてきた。

「あの、どうでしたか?」

「ああ、はい。えーと……」

あまり肯定的な答えをすると、買わされるかもしれない。そんな不安もあった。けれど。

「実はこれ、私が描いたんです。だからもしよかったら、感想とかお聞きしたいんですけど」

「そうなんですか?」

よもや作者が受付をしているとは思ってもみなかった。でもこんな小さなギャラリーなら、それも自然かもしれない。

「えーと、僕は芸術とか詳しい方じゃないんであれですけど、綺麗だと思いますよ」

「本当ですか?」

彼女がぱっと顔を輝かせた。

「はい。なんていうかほっとする感じで」

柔らかな色調の水彩画は、これといった特徴も感じない代わりに不快感もない。いつ誰の家にかかっていてもおかしくはないような雰囲気は、無難という言葉がぴったりくる。

「ありがとうございます。ここ奥まってるから、なかなか入ってくれる人がいなくって」

そう言いながら彼女は芳名録を差し出した。

「次に個展を開くとき、お葉書とか出したいんですけど。よろしかったら書いていただけませんか?」

多分、これは言葉どおりのことだと思う。だけど僕はほんのちょっと躊躇《ちゅうちょ》してしまった。するとそれを見てとった彼女は残念そうにうなずく。

「最近、個人情報とか恐いですもんね。しょうがないです」

「あ、そういうんじゃなくて」

わけもなく弁解する僕に、彼女は軽く微笑んだ。

「じゃあハンドルネームにメアドだけっていうのは、どうですか？」

なるほどそれなら危険度は低いし、いいかもしれない。けれど次の瞬間、頭の隅で隼人くんの声が聞こえてきた。

「いい、二葉さん。どういう状況でもいきなり住所や連絡先を聞いてくる人には気をつけなよ。それでも断り切れなかったら、相手のアドレスだけ受け取ること」

ここでアドレスを教えるということは、微妙に彼の忠告に反することになる。けれど目の前で首をかしげている彼女が悪人だとは思えないし。どうしよう。でもあんまり長く考え込んでいても怪しいし。

ぐるぐると思い悩んだ結果、僕はついにペンを取った。

*

「それで書いちゃったんだ」

「まあね」

昨日のラーメンでもたれっぱなしの胃をさすりながら、僕は力無くうなずく。あの大盛りは、人間が食べる分量じゃなかった。

「でも教えたのは隼人くんと一緒に作った方のメールアドレスと、適当なあだ名だし」

以前マンガ喫茶に行ったとき、隼人くんは「もしものために」という名目で僕に無料のメールアカウントを取得しておくことを勧めた。元々自分で契約したプロバイダーのアドレスを持っていた僕は、その発言に首をひねった。

「一つあれば充分だし、めんどくさいよ」

しかし隼人くんはそんな僕を、信じられないといった表情で見つめた。

「二葉さんて、本当に現代の大学生？」

「それ、どういう意味だい」

さすがにむっとした僕は、ポケットから携帯電話を出してみせる。

「このアドレスも入れれば二つあるけど」

しかし隼人くんは首を振った。

「そうじゃなくて。防波堤が必要だって話」

「防波堤？」

「そう。誰にでも教えていいアドレスがあれば、安心してなんでも応募できるじゃない」

いわばトカゲの尻尾だよ。フリーメールなら相手からおかしなメールが来てもインターネット上で処理できるし、いざとなったらアドレスを変えちゃえばいいんだから。

そこまで言われて反論する理由もなく、僕は適当なメールアカウントをインターネット上で取得しておいたのだ。

「だからさ、大丈夫だと思うよ」

「ふうん」

隼人くんは勉強机に肘を突いてそっぽを向いたまま、軽く相づちを打った。まるでおもちゃに興味を失った猫のように。その態度に、僕はまたちょっとだけむっとする。

＊

それから数日、何事もなく日々は過ぎていった。僕は彼女からメールが来ないことに安心しつつも、おかしなことにどこかで物足りなさも感じている。

(別に悪い人だったらいいと思ってるわけじゃない。ただ……)

ただ、ちょっと笑顔が可愛かったかなって。そんな風に思わないでもないかな、なんて。

学生ホールでぼんやりと物思いにふけっていた僕を、誰かが背後から勢いよく叩く。

「よお伊藤、今度はカレーでどうだ?」

「はあ？」

「カレーだよカレー。トッピングが皿からこぼれ落ちてる贅沢カレー！」

先日の失敗にも懲《こ》りず、新たな大盛り食堂を見つけてきた山田は雑誌を僕の鼻先に押しつけた。

「ていうか僕ら、そんなに胃が大きくないってのはこないだわかったんじゃ……」

「だから、これは飯が多いんじゃなくて具が多いんだよ。トンカツにエビフライ、それにコロッケやアジフライ、ついでに揚げシュウマイまでのっけてなんと八百円！　どうだ、すごいだろ」

すごい。ていうかその揚げ物天国っぷりがすごい。

「食べたら絶対胃もたれするだろ、それ」

「でもこれで心躍らなきゃ嘘だって」

どうしてもって言うならお前は五百円のカツコロカレーにしとけばいいし。山田は勝手に僕のメニューまで決めながら携帯電話のスケジュールを開いた。

「来週はちょっと忙しいから、再来週でどうだ？」

「いいよ。でもあんまり遠いのはパスだからね」

「大丈夫大丈夫」

じゃ、次の講義があるから。無責任な発言を残して、山田は去っていった。

「さてと」

今日は隼人くんの家に行く日だけど、それにはまだ時間がある。どうしようかと考えながらも、僕の足は自然とマンガ喫茶に向いていた。

あまり期待をしていたわけじゃない。けれどフリーメールのサイトを開き、彼女からのメールが届いているのを見つけた瞬間、胸はどきんと波打った。

（来た！）

恐る恐るメールを開けると、やはり案内状と書かれている。しかしそれがちょっと普通と違ったのは、次の個展の案内ではなく『新しい作品を追加したので、お近くにお越しの際はどうぞ見ていって下さい』という内容だったからだ。メールの最後には「杏奈《あんな》」と書かれていた。それが彼女の名前らしい。

（まあ狭い場所だったし、入れ替えないと全作品は展示できないんだろうな）

そう考えた僕は、サイトを閉じてマンガを探しに立ち上がった。

隼人くんにそのメールのことを言わなかったのは、特に理由があるわけじゃない。だから彼がそのことを激しく追及したとき、僕は正直面食らったのだ。

「メールが来て見に行った?」

「うん、でも別に心配するほどのことじゃなかったよ。本当に絵が二、三枚増えてただけだったし」

それに来場を喜んでくれた彼女は、隣の店から買ったのだというお菓子を僕に振る舞ってくれた。

「そのお菓子って?」

「うーん、よくわからないけど雑穀クッキーみたいなものかな」

「お茶は出た?」

「ハーブティーみたいなのがね。体にいいって言ってたよ」

何故そこまで根ほり葉ほりたずねるのだろう。危ないことなど何もなかったというのに。

しかし隼人くんはこめかみに指を当て、次の質問を繰り出した。

「じゃあさ、その人の個展って、いつまでやってるの?」

「え? えーと、いつまでだっけかな」

僕はそれを思い出そうとしたが、記憶を探っても情報はインプットされていなかった。

「ギャラリーで個展をやってるってことは、それなりにお金がかかるよね。だから大抵は一週間くらいしかやってないけど、その人はもう十日間くらいやってる」

「だからどうしたんだい?」

「んー、ただそこはもしかしたら彼女か彼女の知りあいがやってるギャラリーか、あるいは彼女がお金持ちかもしれないって可能性があるなって思って」

一軒家を改築したかのような造りのギャラリーは、確かに商業っぽさが感じられなかったけど。

「じゃあ彼女はすごいお嬢様で、趣味で絵を描いてるだけとか?」

「それもあるね。けどここで大事なのは、その人の絵が常設展になってるかどうかってことなんだ」

常設展であることに、何か問題があるのだろうか。僕は隼人くんの真意がわからなくて首をひねった。

「パンフレットとかはなかったのかな」

「あ、そういえばなかったかもしれない」

彼女とお茶を飲んだ机の上に、それに類したものはなかったような気がする。

「帰り際に渡されたりもしなかったんだ」

「うん」

「何か話した?」

なんでそこまで答えなきゃいけないのか。少し不快な気分になりながらも、僕はほんの世間話しかしなかったと話した。

「一人暮らしの大学生だとは言ったけど、どこに住んでるとか最寄り駅はどこだとか、そういう話にはならなかったよ。もちろん、学校の名前なんかも言わなかったし」

ただ彼女も一人暮らしだから、洗濯や掃除など家事についての話や、ふと寂しくなったときのことなどを話しはしたけど。でもそんな雑談から、詐欺をはたらくための情報なんて引き出せるわけがない。

「そしたら最後の質問。その絵に値段ってついてた？」

つまり、買おうと思ったら買うことのできるものなのかな。これに関しては明確に覚えていた。

「ついてなかったよ」

もし買わされるとしたらいくらぐらいなのだろう。そんな危機感を抱いていた僕は、最初にギャラリーへ入ったときに値段のチェックをしていたのだ。しかし、どの絵にも値段はついていなかったし、かといってわざとらしく『売約済』なんて札もついていなかった。

「その人、絵を売る気がないのかな」

隼人くんがシャープペンシルの芯をこちこちと出しながらつぶやく。

（売る気がない、ということはやっぱりお嬢様？）

流行りのファッションではなく落ち着いた雰囲気の装いに、不自然ではない髪の色。やわらかな語り口の彼女は、確かにお嬢様っぽい雰囲気ではあった。

「なんにせよ、ちょっと変な感じがするよ。気をつけた方がいい」

「だから別に問題はなかったって言ってるし」

彼女を悪く言われたようで、僕は思わず反論してしまう。

「そうじゃなくて。これから何かあるかもしれないってこと」

その場で契約するだけが詐欺の手口じゃないんだからね。隼人くんの上から見下したような口調が、今日はやけに気に障《さわ》る。だからつい、口が滑ってしまった。

「あのさ、前から思ってたんだけど、そういう人を信じない態度ってどうかと思うよ」

いくら都会だって、全部が全部悪い奴だったら世の中なんて回らないし、もうちょっと温かい目で見てみたらどう。僕がそう言うと、隼人くんの表情がふっとくもった。

「ぼくも前から思ってたよ。馬鹿正直に人を信じるのもどうかと思うなって」

「え……」

「ていうか世の中なんて、とっくのとうに機能しなくなってるじゃない。教師が生徒にいたずらして、警察官が飲酒運転。挙げ句の果てには親が子供を殺すんだよ？　そんな中で無条件に信じまくってたら、命がいくつあったって足りないし」

いきなり物騒な話で反論されて、僕は戸惑う。

「そんな」

「それでも自分一人の責任ならまだいいよ。でも例えば借金みたいに親のやったことが子供に降りかかってきたり、名前を貸しただけの他人に影響が出ることだってあるんだ。だから用心して、しすぎるってことはない。ぼくはそう思ってるんだけど」

隼人くんの顔があまりにも真剣だったので、僕はもう黙るしかなかった。もしかして、今は裕福に見える瀬川家だけど以前は金銭にまつわるトラブルがあったりしたのだろうか。

(なんていうか、実感がこもってるし)

けれどその部分を追及するわけにもいかず、僕らの間にはしばし気まずい沈黙が横たわる。口を開くタイミングを計っていると、隼人くんがぽつりと声をもらす。

「……怒った？」

下からちろりと僕を見上げる顔。ずるいよなあ。子供の手口を意識的に使うなんて。

「なんだい、それ」

笑ってたと思ったら怒りだして、つっかかったと思ったら謝って。その変わり身の早さ、ホント猫みたいだから。

「ちょっと、言いすぎたかなって」

さっきとはうって変わったしおらしい表情で下を向く。これじゃあ年上の人間として、怒るわけにはいかないじゃないか。

「別に。怒ってないよ」

なんだか少し不公平のような気はするものの、僕は大人らしく寛大なところを見せた。

「ならよかった。ぼく、二葉さんのことが本当に心配なだけだから」

にっこりと笑う隼人くんは、いつの間にか年相応の無邪気な顔に戻っている。それを見てほっとした僕は、つい言わずに帰るつもりだったことを口にしてしまう。

「そんなに心配しなくても大丈夫だよ。次に誘われたのも同じ場所だし」

「次……？」

しまった、と思ったときにはもう遅かった。隼人くんの眉が、ぴくりと上がる。

「同じギャラリーでまた絵の入れ替えがあるからよかったら、って言われただけだよ。そのとき彼女の絵をスライドみたいにして見せるからって、時間は約束したけど」

「スライド……」

再び考え込む隼人くん。なんとかフォローしようと言葉を重ねる僕に、彼はきっぱりと告げた。

「二葉さん、ぼくも行くよ」

「ええ？」

「やっぱり心配だから、見ておきたいんだ。それでもしなんともなかったら、二度と余計な口出しはしないから」

だから一緒に連れてって。そこまで言われてはなんだか断りづらい。しょうがないので僕は次の日曜、駅で隼人くんと待ち合わせをすることにした。

＊

日曜日はよく晴れた。地元の駅から電車に乗って目的の街に着くと、隼人くんはきょろきょろとあたりを見回す。

「ここは初めて降りたけど、けっこう静かなとこだね」

「うん。もうちょっと駅から離れると、また違った感じになるよ」

ギャラリーに向かって歩きながら、僕はのんびりと空を見上げた。隼人くんは彼女のことをかなり警戒していたみたいだけど、こんなのどかな住宅街にあるギャラリーで大規模な詐欺なんてやっぱり考えられない。

（彼女の絵を見たら、きっと拍子抜けするんじゃないかな）

そうしたら帰りに例のラーメン屋に連れていって、びっくりさせてあげよう。でも注文するのは小にしておかないといけないな。

「ここだよ」

ギャラリーには約束の二十分前に到着した。ちょっと早すぎるのは、隼人くんが早めに出た方がいいと言ったからだ。

「隣のお店と同じ建物なんだね」

隼人くんは自然食品の店とギャラリーを交互に眺めてから、僕をふり返った。

「ねえ二葉さん、ぼくお腹空いちゃった。まだ時間もあるし、隣の店で何か買っていいかな」

「いいよ。確かパンとか売ってたと思う」

まあラーメンは次の機会でもいいか。そんなことを思いながら、僕は隼人くんと一緒に自然食品の店に入る。木目調で統一された店内はいかにも素朴で、並べられた「天然酵母パン」や「無添加クッキー」の手作り感をいや増していた。

「へえ。けっこうおいしそうだね」

玄米クリームパンを持って、隼人くんは店内を眺めている。手前にはパンやクッキーといったすぐに食べられるものが並び、奥に行くにしたがって乾物やお茶などの保存食品コーナーになるようだ。しかしいくら体に良くても「ドクダミ茶」とかはちょっとなあ、などと考えていると隼人くんがするりと身を寄せてきた。

「二葉さん、これからぼくが示すものを記憶しておいて欲しいんだけど」

その目的はわからなかったけど、とりあえず僕はうなずいた。

すると隼人くんはさっそく奥から持ってきた岩塩のパッケージを僕に見せる。

「ねえ、こういうの買って帰ったらお母さん喜ぶかなあ?」

そらぞらしい台詞を聞き流しながら、僕はそこに記載された全てを画像として記憶に取り込む。三、二、一、完了。

「あとこれ。ついてる絵が可愛くない?」

紅茶の缶のラベル。スープ缶のデザイン。そこはかとなく嫌な予感がするものの、かまわず取り込む。

「でもとりあえず今日はパンにしとこうかな。レジのそばで待っててくれる?」

つまりレジも見ておけということらしい。僕はさりげなく隼人くんより先にそちらへ向かい、小銭を探るふりをした。

「いらっしゃいませ」

小さなカウンターに立っていたのは人の好《よ》さそうな中年女性で、他に店員は見当たらない。

「こんにちは。前に一回買ったんですけど、ここのパンっておいしいですね」

卑怯なくらいさわやかな笑顔で隼人くんが話しかけると、彼女はとたんに相好《そうごう》を崩した。

「あらそう？　それはありがとう」

「それで、もし通販ができたらってお母さんが言ってたんですけど、そういうのってやってますか」

「うーん、そういうのはやってないのよねえ」

「そうなんですかあ。ざーんねん」

「ごめんなさいねえ」

中年女性が申し訳なさそうに首を振ると、隼人くんは今気がついたように窓の外を指した。

「あれっ、なんか人が集まってきてる。ここって突き当たりなのに」

時計を見ると約束の十分前。ということは、それだけお客さんが集まってきているということだろうか。

「ああ、それはお隣のギャラリーへ来た人たちね」

「そんなに人気のある絵があるんですか?」

知っているくせに、さらりと嘘をつく。隼人くんのこの才能が恐い。

「今日は絵じゃなくてね、イベントがあるのよ」

「イベント?」

「そう。スライドを見たり、いいお話を聞いたりするの。君にはまだちょっと早いかもしれないけど」

実際より幼く見える隼人くんには、芸術はまだ早いと思われたのだろうか。それを受けた彼は、唇を少し尖らせてつぶやく。

「早くなんてないよ。だってぼく、お母さんと一緒によく絵を見に行ったりするし、お母さんが絵を買うときに意見だって出すもん」

絵を買う。伊藤家の辞書には有史以来ない言葉だが、瀬川家においては日常茶飯事なのだろうか。レジの女性もそれに気づいたようで、おやという表情をする。

「あら、それは失礼しました。君のお母様って、すごく芸術に理解のある方なのかしら」

「うーん、微妙。もちろん絵は好きだけど、お父さんがあんまり家にいないから暇みたいで」

確かに僕も瀬川氏とほとんど会ったことはないけれど、そこまで忙しい人だとも聞いていない。ということは、これも嘘？　しかし女性はその言葉を聞いてから、いきなりレジの引き出しを探りだした。

「じゃあよかったら、今日のイベントもお母様と一緒に見ていったら？」

そう言って、何やら取り出したパンフレットを袋の中に入れた。

「ありがとう。でも今はスピリチュアル占いの講座に行ってるから、あと一時間はかかっちゃうんだ」

なんだいそのおかしな講座名は。この場で考えついたんだろうけど、ひどすぎるよ。僕はレジの横で必死に吹き出しそうになるのを堪えた。しかし、レジの女性が次に言った台詞を耳にしたとたん、笑いの発作がすっと冷めてゆく。

「ああ、大丈夫よ。イベントは遅くまでやってるから、いつ来たって間に合うわ。ね、その講座が終わったらお母様を連れていらっしゃいな」

僕はごく最近、これと似たような言葉をどこかで聞いたはずだけど。

「待ってるわよ」

＊

自然食品の店を出たとき、時計は約束の時間ちょうどを指していた。彼女のギャラリーまではほんの数歩。五秒もあればたどり着くはずだ。けれど隼人くんはそちらに見向きもせず、まっすぐもと来た道を引き返そうとする。

「隼人くん……」

「何やってんの二葉さん。行くよ」

「でも」

店とギャラリーの中間地点で立ち止まった僕は、うつむくしかなかった。隼人くんはそんな僕の所まで戻ってくると、ぐいっと腕を掴んだ。

「ぼくと彼女と、どっちを信じるわけ」

小柄な隼人くんが、強い眼差しで僕を見上げている。正しい。きっと彼の方が正しい。でも僕の中の何かが、優しい世界を信じたがっていた。優しくて暖かい、彼女が描くような世界を。

「……二葉さん！」

目をそらしかけた僕を、再度隼人くんが揺さぶる。

「二葉さんは、もっとずっと恐がりだったはずだよね？　なのに見ず知らずの人たちが集まるイベントは恐くないわけ？　どこかへ連れて行かれちゃうとかは思わないわけ？」

「そう言われれば……」

恐い、かもしれない。ていうか、恐い。でもなんで今までそのことに気がつかなかったんだろう？

「行くよ！」

そのかけ声と共に、僕らは走り出した。追っ手などいもしない、のどかな昼下がりの住宅街を。

＊

用心には用心を重ねて。今度こそ隼人くんの言葉に従って、僕らは行きと違う路線と乗り換えを重ねながら地元の駅にたどり着いた。ほとんど無言でパン屋の奥にあるカフェに席をとると、二人してココアの大を注文する。なんだか、無性に甘いものが飲みたかった。

そして僕はシナモンロール、隼人くんはクリームパンをトレーに載せる。

「さっきクリームパン買ったんじゃなかったっけ」

僕がふとつぶやくと、隼人くんは前を向いたまま吐き捨てるように言った。

「あんなの、食べるわけないじゃん」

「え？」

言葉の意味が呑み込めなくて首をかしげる僕を、隼人くんは悲しそうな目で見る。

「まだわかってなかったの？　あの店が何をやってるところか」

「え。だって詐欺？　みたいなものだよね。仕組みはよくわからないけど」

「詐欺じゃないよ」

「でも、じゃあなんで僕たちは逃げたんだい？」

隼人くんのヒントから、ギャラリーと自然食品の店が連携した状態にあることはわかった。でも詐欺じゃないとしたら、僕は何に巻き込まれようとしていたのか。

「だって、宗教だったから」

「しゅうきょう？」

あまりにも意外な答えが返ってきたので、僕は思わず頓狂《とんきょう》な声を上げてしまった。しかし隼人くんはこくりとうなずいてパンの入った袋をテーブルの上に置く。

「なんだったら証拠の答え合わせしてみる？」

触るのも嫌そうな態度で中から例のパンフレットをつまみ出し、連絡先の項を指さした。するとそこには、さっき店で記憶したのと同じ情報が記載されている。

「合ってたでしょ」

「……うん」

本当は、隼人くんに言われてラベルを見た瞬間から僕には嫌な予感がしていた。けれどイベントの連絡先が紅茶やスープの販売者と同じだというのは、ごまかしようのない事実だ。

「そもそも宗教っていうジャンルかどうかも怪しいけど、人の心につけこむ団体。それがあの店やギャラリーの正体だよ。そんな団体が手作りしてるパンなんて、何が入ってるかわかったもんじゃない」

だからあれは食べない。そう言って隼人くんは今買ったばかりのクリームパンを頬張った。

僕があのギャラリーに入ったのは偶然だし、何かを買わされようとしたわけでもない。ということは、少なくとも彼女は誰彼かまわず声をかけるような人じゃなかった。

「だから逆にやっかいだとも言えるんだけどね」

「逆に、ってどういうこと？」

「しつこくしないと、二葉さんみたいにもしかしたらって信用する人が出てくる。さらに人を選んで声をかけてるから、空振りも少ない。つまり団体を壊すほど危ない奴はもとから入れないから、安定した集団になる」

出入りが激しくない団体だからこそ、金銭的にも安定していて早急に信者を開拓する必要もない。先鋭的な宗教団体の逆を考えればいいのだと隼人くんは説明する。

「おそらく教義もゆるやかで、ほどほどのものなんだろうね。もしかしたら癒し系だとかヒーリング、スピリチュアルなんて名乗ってるかもしれない」

「じゃあさっきお母さんがスピリチュアル占いの講座に通ってるって言ったのも？」

「そう、ひっかけ。日常的に絵を買うほど経済的に余裕があって、なおかつ時間をもてあましてる主婦。おいしい餌《えさ》を目の前にぶら下げてやれば、相手がどういう奴かもわかりやすいでしょ」

そうしたら案の定食いついてきたというわけか。僕は自分の人を見る目のなさにがっくりと肩を落とす。

「……迷惑かけたね。最初から隼人くんが正しかったのに」

「いいよ。だって相手は信じさせるのが商売みたいなものだし」

だからこっちを信じてもらうのが大変だったけどね。ココアの上に載ったホイップクリームを舐めながら、隼人くんはつぶやく。

「でもなんで怪しいってわかったのかな」

始めは偶然、そして二度目は絵を見て雑談をした程度。三度目は結果的に怪しかったわけだけど、それに彼が気づいたのはどの時点だったのか。

「まず最初におかしいって思ったのは、アドレスとハンドルネームで連絡先を聞いてきたこと」

「えっ？　だって僕にたどり着けないようにしたアドレスだよ？」

それにこの防波堤は隼人くんが教えてくれたものなのに。

「ごく普通の個展であれば、そもそも個人情報をそこまで欲しがったりはしないよ。二葉さんみたいな大学生が絵を買ってくれるとは思わないからね」

ていうか、僕はギャラリーなんてこっちに来てから初めて入ったから「普通」がわからないんだけど。いかにもそういった世界に慣れた風情の隼人くんに向かって、つい愚痴をこぼしてしまう。しかし彼はつまらなそうにこう言った。

「展覧会とか発表会とか、よくクラスメートの親が開くんだよ。だからお母さんに連れられてつきあいで行かされるんだ」

「……へえ」

僕のクラスメートの親がやってたことといったら、お祭りのときに披露する民謡や踊りくらいのものだけど。

「大抵すっごくつまんないから、嫌なんだけどね」

でも今回はそれが役に立っちゃったかも。隼人くんは小さく笑ってココアをすする。

「ちなみに絵に値段がついてないのは、そういう素人が趣味でやってる場合と、別にスポンサーがいる場合」

「つまりその団体がスポンサーだったわけか」

だからこそ彼女は賃貸料を気にすることもなく、絵を披露することができたのだ。

「あのギャラリーはきっとアンテナショップ的な存在なんだろうね。知らない人が入って来た場合は人を選んで勧誘し、団体の人にはこんな文化的なことにもお金を使っていますって宣伝する意味でさ」

「僕は、選ばれたってことかい」

だとするとちょっと嬉しい気もするけど。

「まあ、二葉さんはのんびりしてるから無難だと判断されたんだろうね」

「無難、ね」

くしくも僕が彼女の絵に下した評価と同じだ。なんだかなあ。

「きっとその団体では将来的な部分まで見越して大学生もターゲットにしてるんだと思うよ。今はお金がなくても、将来的に稼いでくれるだろうってことで」

「ああ、そういうのはオリエンテーションのときに教えられた気がする。サークルを装った勧誘は、君たちの将来を狙っていますとかいうやつ」

カレー研究会やヨガサークルが実は宗教へのルートだった、なんて事例を聞いたせいで僕のクラブ活動への意欲はあっという間に萎《な》えたのだけど。

「でも、なんでアドレスを聞かれただけで勧誘だってわかったのかい？」

たずねると、隼人くんは指を二本立ててみせる。

「二葉さんの話の中に、謎を解くヒントは他に二つあったんだ。一つ目は雑談」

「雑談、って二回目に行ったときの？」

「そう。彼女も同じ一人暮らしだから、みたいなことを言ってたでしょ」

でもその会話の中で、僕は自分の身元につながる情報など漏らしてはいないはずだけど。

しかし隼人くんは首を横に振った。

「情報の意味が違うんだよ。彼女が欲しかったのは二葉さんが上京した大学生で、孤独を感じてるかどうかっていう情報」

「孤独……？」

確かに一人暮らしに関する寂しさの話はした覚えがあるけど。

「宗教的な団体がつけこむのは、人の寂しさや悲しさだよ。一人で寂しい夜でも、ここに来れば仲間がいます。私たちはあなたを受け入れます、っていう言葉がその先には待ってたはず」

友達のできない学生。夫が留守がちで孤独な主婦。どんな人生にも、寂しさを覚える瞬間はやってくるはずだから。

「そういうことか。じゃあ二つ目は」

隼人くんは携帯電話を取り出すと、その画面を指さした。そこには、わざわざ文字盤のイラストで表示された時間が示されている。

「二つ目は時間」

「時間って、今日の約束のこと？」

「そう。だって絵を見るのに時間を指定するなんておかしいし、もしスライドを上映するにしても、そんなに長いわけないんだから一日の中で数回チャンスがあってしかるべきでしょ」

つまり本来なら「何時の回がありますか」というお誘いであるはずなのに、彼女は時間を指定してきた。

「何度も上映できないほど経済状態が悪いなら、そもそも長い期間個展なんか開けないだろうしね」

なのに時間を決めたのは、僕を確実に呼ぶため。雑談を経て、勧誘の対象だと判断された僕は今度こそそういった話に巻き込まれるところだったのだろう。けれど隼人くんがカマをかけた自然食品店の女性は、「いつ来たって間に合うわよ」と呆気なく言った。

つまり、ギャラリーの彼女は嘘をついていたということになる。

「でもギャラリーの女の人って、よっぽど話が上手だったんだろうな。たった二回しか会ってないのに、二葉さんはぼくより彼女のことを信じたがっていたみたいだし」

「いやいや、そんなことないよ。ただ、あんまりにもそういうことをする人には見えなかっただけで」

言いながら、胸の奥がちくりと痛んだ。でもなんてことないさ。ちょっと笑顔が可愛くて、ちょっと僕に好意的に見えただけのことなんだから。

ただ、もし僕に友達がいなくて大学でクラブ活動もせず、アルバイトすらしていなかったとしたら。

（そうしたら僕は、喜んで騙されてたかもしれない）

嘘でもいい。笑顔で受け入れてくれる人のいる場所が欲しい。急に涼しくなった秋の空の下、そう思う人は案外多いはずだから。

＊

カップの底に残った泥のようなカカオを僕が見つめていると、いきおいよく隼人くんが立ち上がった。

「さあて。食べ終わったことだし、行こうか」

「そうだね」

パン屋を出て、駅ビルの中を歩きながら隼人くんは携帯電話を取り出す。

「この後、彼女からまたメールが来るだろうから、あのアドレスは捨てた方がいいよ。ぼくも削除しておくから、教えた友達にも破棄してもらって」

「うん、わかったよ」

他にこのアドレスを教えたのは山田をはじめとする推研のメンバーくらいだから、ことは簡単だ。僕が携帯電話のメールで一斉送信をしている間に、隼人くんは壁際へと歩いてゆく。

「あ、あったあった」

分別用に設置されたゴミ箱の中に、隼人くんは躊躇なくパンの入った袋を投げ入れた。その中には最後に入れられた会合へのパンフレットも入っていたから、捨てるべきものであることはわかっている。けれど買ったばかりの食べ物を捨てるという行為が、僕にはどうしても嫌だった。

「どうせなら、ハトにでもやればよかったのに」

そんな僕に、隼人くんはきっぱりと告げる。

「駄目だよ。ぼくはこういうものを、ハトにだって食べさせたくないんだ」

いきなりの強い調子に、僕は言葉を失った。今回の件に関しては、僕だけでなく隼人くんまでもが妙に神経質だ。

「あのさ」

息を深く吸い込んでから、隼人くんは話しだす。

「ぼくのクラスメートのお母さんが、新興宗教にはまってたことがあるんだ」

「え?」

「それもきついタイプの団体でさ、その子は全然興味ないのに奉仕活動とやらにかり出されて、しゅっちゅう学校を休んでたんだ。でも最初は嫌々だったはずなのに、夏休みが明けたらその子まで団体に染まっちゃってた」

「そんな……」

「ぼくらが気づいたときには、もう手遅れだった。どんなにこっちを信じて欲しくても、その子にはもう言葉が通じないんだ。それがどんなに恐いことか、二葉さんはわかる?」

昨日までと同じクラスメートの顔。けれど突然中身が見知らぬ人になってしまう。その経験があったからこそ、隼人くんは僕を必死で引き戻そうとしてくれたのだろう。

「……ありがとう」

「いいよそんな。当たり前のことをしただけだし」

赤くなった頬を隠すように、隼人くんはぷいと顔をそらした。僕はその向こうに見える、ゴミ箱の中に埋もれた袋に心の中でつぶやく。

(さよなら)

良くも悪くも無難な、優しくて淡いタッチの水彩画。それが自然食品の店のパッケージにも使われているのを見たときから、僕はそのつながりに薄々気がついていた。

「よくあるタイプの絵だから」。そう思い込もうとしていた僕に隼人くんが記憶させたのは、イラストつきのパッケージ。ラベルや紙袋の隅に小さく印刷された「杏奈」の文字は、ギャラリーの彼女が団体の専属アーティストであることを示していた。

「ところで二葉さん」

駅から出たところで、隼人くんがくるりとふり返る。

「遅くなったけど、次に読む本だよ。美術欄を担当させられた新聞記者と猫の話。秋はやっぱ芸術かなって」

渡された文庫本のタイトルは『猫は手がかりを読む』。なかなかお洒落な表紙だけど、よく見ると背表紙には2と書いてある。

「これ、二作目じゃないのかい」

僕がたずねると隼人くんは目の前で人差し指を振った。

「それが違うんだなあ。背表紙に2ってあるのは、日本で出版された順番に過ぎないんだ。だから実際の一作目はこっち。刊行年を見れば一目瞭然《いちもくりょうぜん》だよ」

「へえ。じゃあ二作目は3なの？」

「ううん。ややこしいことに、二作目が1なんだ。外国物ってたまにこういうことがあるんだけど、なんとかならないのかな。読者にとって不親切だよね」

それから隼人くんはひとくさり翻訳ミステリーに対する不満を口にした。いわく、言葉が古くてわからないものは直すべきだとか、売れなかったからといってすぐに絶版にしてしまうのはいかがなものかとか。

「ともかく、このシリーズは殺人もあるけど読後感は悪くないし、ココもいい味出してるからおすすめだよ」

しなやかな猫のように伸びた隼人くんの影。僕はそれを追ってゆっくりと歩く。秋の夕暮れ。本来ならとてつもなく人恋しいはずの時間を、僕はこんなにも穏やかな気持ちで過ごしている。

しかしアイドルっぽいさわやかな笑顔で、こんなことを言われるとちょっと困る。

「やっぱりカルト宗教ものはクライム・ミステリの中で充分だね。食傷《しょくしょう》気味だけど、今度洗脳本とかも記憶しておく?」

だから、そういうのは恐いんだって。

*

翌日、僕は山田に連れられて件のカレー屋にいた。山田はトッピングの全部載った贅沢カレーに挑み、僕は控えめにカツとエビフライの載ったカレーを注文する。

「うっわあ。食っても食っても具が減らねえよ」

嬉しい悲鳴を上げ続ける山田の隣で、僕は密かに困惑していた。

(ライスが、多すぎる……)

トッピングがどうとか言うより先に、この店のカレーは基本的に全てが大盛りなのだ。しかもカウンターの中にいるスキンヘッドの店主は米粒一つでも残したら殺す、といった気迫の眼差しでこちらを見つめている。

(食べきらないと、帰れない!)

必死にスプーンを動かし、山田の残した揚げシュウマイと揚げウインナーまで平らげて僕らはやっと店を出た。

「悪いな、伊藤」

さすがに申し訳なさそうな顔で山田がこちらをうかがう。

「いいよ、別に」

僕は胃のあたりをさすりながら、大学に入って最初に声をかけてくれた友人に笑いかけた。

伊藤二葉、十八歳。カレーのせいだけじゃなく胸が一杯になりました。秋です。

五話

Teacher and Me ✳✳✳ Tsukasa Sakaki

見えない盗品

手のひらの上に、あたたかい固まりが置かれた。それはしばらく警戒するようにじっとしていたが、やがてもぞもぞと動きはじめる。

「匂い嗅《か》いでるね」

びっくりさせないよう小声で話すと、同じように隼人くんもひそひそ声で返してきた。

「うん。初めての手だからどきどきしてるんじゃないかな」

真っ黒で大きな目に、柔らかい毛皮。短い手足でちょこちょこと動き回るハムスターは、まるで生きているぬいぐるみのようだ。机に広げられた飼育図鑑によると、これはその中でもジャンガリアンという種類に入るらしい。

「可愛いね。名前は？」

「ハモン。友達のところで生まれた子なんだ」

「ハモン？」

耳慣れない響きに首をかしげると、隼人くんは眉間に皺を寄せて言った。

「ハモン・セラーノじゃないからね、念のため」

セラーノというのはさらに詳しいハムスターの分類名か何かだろうか。そもそもジャンガリアンという名前からして初めて聞いたくらいだから、皆目見当がつかない。

「うちのお母さんなんてさ、名前を聞いた瞬間にあらおいしそうな名前ねって言ったんだ。失礼だよね、ホント」

「おいしそう……ってことは、食べ物の名前？」

「うん。ハムだよ、あのしょっぱい生ハム」

でもさ、ハムスターにハムの名前つけるほど、ぼくは悪趣味じゃないよ。隼人くんはさらにぶつぶつと文句を言っていたが、生ハムなど食べたこともない僕にはそれがしょっぱいのか甘いのかすらもわからない。

「ハムじゃないなら、なんの意味なんだい」

気を取り直して僕がたずねると、隼人くんは得意げに説明した。

「ハモンはね、刃紋のことだよ。日本刀の刃にうねうねとした模様があるじゃない？　こいつの脇腹、あれによく似てたから」

言われてみれば確かに、両脇に波形の模様が見える。しかしだからといって、体長十センチにも満たないハムスターに刃紋とは。

（正直、荷が重いんじゃないのか？）

僕はハモンの背中を指で撫《な》でつつ心の中でそう問いかけた。すると次の瞬間、いきなりハモンが僕の指に噛みついた。

「いててっ」

伊藤二葉、十八歳。年明け早々、ハムスターにすら気合い負けする小心者です。

＊

噛まれはしたものの、やはり可愛いことに変わりはなかったので僕はハモンの写真を撮ってきた。推研の部室で携帯電話の画面を開いて見せると、山田はちっちぇーと叫びながら笑い声を上げる。

「超手のひらサイズじゃん。毛玉だな、毛玉」

「でもそれが動くってのがまたすごくない？」

「……確かに」

この中に俺たちと同じような内臓やら脳みそやらが詰まってるなんて、ちょっと信じらんないよな。山田はそう言うと、ふと真剣な表情になる。

「やべ。ちょっと思い出しちゃった」

「ん？　なんかあった？」

「解剖。したことあんだよね、カエルだったけど」

「そっちに発展するなよ！」

ハマグリの解剖ですら気絶寸前だった僕に、なんてことを思い出させるのだ。

「哺乳類でこそなかったけど、あれは衝撃だったなー。食って出す生き物は、なるほど一本の管だって思い知らされたっていうか」

やめて下さい。今すぐに。

「また筋肉に電気流す実験ってのが強烈でさ」

「だーかーーらーー！」

「おーい、何騒いでるんだ」

僕たちが喋っていると、講義の終わった先輩たちがぞろぞろと部屋に入ってくる。

「あ、お疲れっす」

「こんにちは」

適当に挨拶をする僕の手元を、ふと一人の先輩が覗き込んだ。

「やだ。可愛い！」

ハモンの姿を見た瞬間、女性の先輩は普段より二オクターブくらい高い声でそう叫ぶ。

「え？　なになに？」

「ハムスター！　すっごい可愛いのー！」

それに釣られるようにして、他の女性も集まってきた。

「やーん、黒いすじ入ってるー！」

「ちっちゃーい！　目、黒ーい！」

「ふわふわー！」

えーと、よく聞くと即物的な描写のみに傾いているのは気のせいだろうか。でもそこを突っ込んではいけないと思い、僕は根気よく携帯電話を支え続けた。

女性たちのフィーバーが収まりかけた頃、一人の先輩が画面を見てつぶやく。

「ジャンガリアンか」

「よくわかりますね」

「ああ。俺、生き物系好きだから」

僕が感心していると、その人は自分の携帯電話を開いて写真を見せてくれた。するとそこには、ヤモリだかトカゲのような生き物が写っている。

「トカゲ……にしてはもっちりしてるなあ」

横から覗き込んだ山田が感想をもらした。

「ヒョウモントカゲモドキ。おとなしくて可愛いんだ」

「へえ」

豹紋と呼ばれるだけあって、身体にはそれらしき模様が散っている。

「飼いやすいからおすすめだよ。爬虫類は大きな声で鳴いたりしないし、暴れ回ったりもしない。ついでに場所もあんまりとらないから、アパートやマンションに住む人に向いてるね」

そしてよく見れば瞳もつぶらで大きく、ぽってりとした体軀《たいく》には愛嬌《あいきょう》もある。

(うん。けっこう可愛いかも)

しかし再び集まってきた女性たちには今ひとつ不評で、彼は苦笑しながら画面を閉じる。

「万人受けするものじゃないってのは、どうにも肩身が狭いね」

「そんなことないすよ。カッコいいじゃないっすか」

意外にも山田は気に入ったらしく、それはどう飼いやすいのか、値段はいくらぐらいなのかと質問を重ねていた。二人のやりとりを見ていた僕は、ふと思い立ち先輩にたずねる。

「ところで先輩、このあたりにペットショップってありますか」

「ん？　ないこともないけど、何が欲しいんだい」

「ヒーターです。ハムスターのケージを暖めるための」

隼人くんの部屋で図鑑を読んで知ったことなのだが、ハムスターは元々砂漠地帯に住むネズミの仲間だから、暖かくて乾燥した場所を好むのだという。そしてそんな生き物にとって日本の冬はけっこう寒いらしく、十度以下になると冬眠してしまうことがあるのだという。

しかし本来ならば自然のはずの行動も、人間に飼われている環境では命とりになる。温度が安定しないと冬眠の準備が中途半端になり、死んでしまう危険性もあるのだ。

「基本、十五度以上あった方がいいって書いてあったんですよね」

室内の暖かい場所を選ぶのも一つの手だが、隼人くんの部屋は彼が留守の間そんなに暖かくない。かといって夜行性のハムスターを明るいリビングに置くのも考え物だし。

「電気毛布とかホットカーペットがあればそれでもいいんだけどな。ま、でも小動物用のヒーターを買った方が扱いやすいか」

そういうのを売ってそうな店は、と先輩は考えこむ。

「この辺だったら、やっぱりデパートの屋上だろうな」

「デパート？」

「そう。昔からあるだろ、屋上のペット売り場。あそこが一番手っ取り早い」

確かに僕も子供の頃、屋上でウサギや金魚なんかを見た覚えはあるけど。でも最近はペットブームだから、もっと専門的でお洒落なショップがあちこちにあるものだと思っていた。そう言うと先輩は悲しそうに首を振る。

「いやいや。逆に最近、ペットショップって減ってるんだよなあ」

「え？　でも犬とかブームになってんじゃないすか？」

山田も不思議そうな顔をする。

「ああ。だから『犬ショップ』はあるわけさ。けどそれ以外を扱ってる総合的な店がないってこと」

あってギリ『犬猫ショップ』だね。まったくお犬様ブームで嫌になるよ。先輩の言葉に山田は納得したようにうなずく。

「なあるほど。犬の服とか犬と一緒に入れるカフェとか、よく考えてみれば犬ばっかだもんなあ」

「そういうこと。郊外へ行けば総合型の大規模店舗もあるけど、都内だと土地代が高くて採算がとれないせいか、より細分化されてアクアリウムでも淡水と海水に分かれたり、さらには爬虫類専門店、もっと言えばヘビ専門店にカメ専門店なんてのもある」

「でも、じゃあハムスターとか小鳥とかは──

「そこなんだよ。いわゆる昔ながらの小動物を商う店が減ったせいで、子供が飼えるような生き物を手に入れるのが難しくなっててね。インターネットは便利だけど、生き物に関することだとどうしても不安は残るし」

そんな中、残されたのがデパートの屋上なのだと先輩は力説する。

「まんべんなく、万人向け。デパートのそういう姿勢が良い方に作用したってことだな。だからあそこには、まだ小動物コーナーが生き残ってる。それに値段は定価でも、モノは確かだから安心でもあるし」

それでもなかったらちょっと離れた郊外型の店に行くといい。そう言って先輩は何軒かの店名をメモに書いて渡してくれた。

僕が小さい頃、町には小鳥屋という名のペットショップとおもちゃ屋が隣り合って存在していた。そこは僕ら子供にとって憧れの場所で、学校帰りに回り道をしてはわざわざ店の前を通ったりした。僕の妹は夏になるとそこで金魚や小さなカメを買ってもらい、同じクラスの友達はお年玉を貯めてプラモデルを買いに行くのを楽しみにしていた。小鳥屋は鳥の糞や湿った水草の匂いに満ちていたから苦手だと言う女の子もいたけど、僕は好きだった。そうそう、僕が初めて昆虫の飼育ケースを買ったのもあの店だったっけ。

けれど今、町にはどちらの店も残ってはいない。子供はショッピングセンターの昆虫フェアでカブトムシを買い、車に乗せられて大型チェーンのおもちゃ屋へと向かうのだ。そのことを思うと、僕はふと寂しい気分になった。

＊

その日の午後、先輩の書いてくれたメモを片手に隼人くんの家へ行くと、隼人くんが興奮した面持ちで現れる。

「二葉さん！　早く部屋に来て！」

彼に手を引っ張られるようにして部屋に入り、いつものように机の脇に置かれた椅子に腰かける。隼人くんもそのまま椅子に座ると、パソコンの画面を素早く切り替えた。

「これ見て」

「ん？　ペット掲示板？」

上着を脱ぎながら覗き込むと、そこに表示されていたのはどうやらペット用品のやりとりらしい会話だった。

「ハモンのヒーターとか譲ってもらうのもいいかな、なんて思って探してたらここを見つけたんだ」

なるほど、『譲りますコーナー』という手もあったか。

「てことは、いいのが見つかったのかい?」

僕がたずねると、隼人くんはぶんぶんと首を振る。

「そうじゃなくて。ここ読んでみてよ」

指差された場所を見ると、そこにはごく普通の連絡文が書いてある。いわく『血統書つきチワワ希望』。それに対する返事は『○月○日頃入荷予定』。

「入荷? ってことは相手は店の人なのかな」

「よくわかんないけど、お金の取引はあるみたいだね。だからその下に値段が書いてある」

「どれどれ……はあっ? 二十五万?」

いくら生まれたての仔犬が可愛いからって、犬に払う金額だとは思えない。驚きながらスクロールしてゆくと、その下にはさらに色々な種類の犬が出てきた。ヨークシャーテリア、フレンチブルドッグ、トイプードル、パピヨン。そのどれもが十万円を超える価格でやり取りされている。

「どうやらこのサイトを管理してる人はブリーダーから直接仕入れた仔犬を売ってるみ

たいなんだけど」

「……世の中、あるところにはお金があるんだねえ」

「ここはかなり割高だよ。しかも店の住所もなければ、電話番号もない。怪しいことこの上ないけど、それよりも気になるのはこっち」

そう言って隼人くんが示したのは、先刻のチワワのスレッドの横に表示されていた『犬以外のペットなどはこちら』という一文だった。その文字をクリックすると、画面が切り替わる。

「えーっと、あれ？　これって何を売ってるんだろう？」

僕は文字を目で追いながら、首をかしげた。これも前のページと同じく、『希望』と『入荷予定』が書き込まれた掲示板であることに変わりはないのだが、こちらには何故か固有名詞が見当たらないのだ。

「わかんないよね。でも、やりとりしてる人たちはわかってるみたい」

「にしても値段だけなんて、変だね」

例えば一番上の書き込みは『希望・五千円　数量一』となっている。これを見ると、希望する品を書き込むとそれに応じて店主が調達してくる、という方式の店であることはわかる。

「もしかしたらここはただ申し込みのための場所で、詳しい話はメールで店主とやり取りするんじゃないのかな」

思いつくままに推測を口にすると、隼人くんはさらに画面の下を示した。

「じゃあ、これはなんだと思う？」

そこには『希望・二万円　数量一』の申し込みと、さらに私信のような文がつけられている。

『モノの品質が気になるけど、どこ産？』

文面が親しげなのはお得意さんか知人か。そしてこの書き込みに対する返事は。

『○月○日入荷予定。ちなみにペットサービス○崎にて収穫予定（笑）。』

「……収穫？」

産地という言葉に対応するように使われている言葉に、僕は違和感を覚えた。

（これじゃまるで野菜だ）

しかも産地を聞かれて国の名前を答えないというのも気になる。その後に書かれた（笑）の文字も。

「もしかすると、このペットサービス○崎っていうお店は信頼できるブランドだったりするのかな」

僕の質問に、隼人くんは再び首を振る。

「検索をかけてみたんだけど、普通のペットショップだったよ。その店に関する話題もないし」

だったらなおさら、ここに名前を挙げる理由がわからない。けれどさらにその下へと目をやると、数件に一回の割合で産地と収穫の話が出てくるのがわかった。

「産地はバラバラだね。ということは提携ショップってわけでもないのか」

店名は必ず一字伏せられてはいるものの、残った漢字から東京を中心としているのだろうと思われる。

「この店主は注文があるたびに違う店に出向き、品物を収穫して帰ってくる。それってなんかおかしいよね？」

おかしい。ていうか怪しい。その時点で僕の背筋を嫌な予感が駆け抜ける。

「……もしかして、犯罪、かな」

隼人くんは我が意を得たりという風にうなずいた。

（てことはもしかして、もしかしなくても）

「犯罪を見つけちゃった以上、放っておくのも嫌な気分だよね。しかもこの件に関しては、ぼくらに絶対的な利があるんだ」

いつの間に「ぼくら」扱いの事件になったのか。できれば平穏無事に犯罪とは無縁の人生を送りたいのに。がっくりとうなだれる僕には目もくれず、「ほらここ」と隼人くんの指先が最新の書き込みをつつく。その件に対して店主が告げた入荷予定日は、明後日の日曜日。ご丁寧なことに『あそこなら午後の収穫が常道』との時間指定まである。

「店は多分ここ」

別ウインドウを開いて、伏せ字とほとんど同じ名前のペットショップを出す。

「これで時間と場所は特定できた。品物はまだわからないけど、一万五千円っていう値段はわかってるから、突きとめられると思う」

「……行く、のかな」

恐る恐るたずねる僕に、隼人くんはにっと笑いかけた。

「もちろん。だってこれはきっと泥棒の犯行予告だよ？」

警察に通報する、っていう選択肢はないんだろうか。

「犯行予告なんて、現実には出会いたくたってなかなか出会えるもんじゃないし。これってすっごいチャンスだと思わない？」

思わない。ていうか思えない。ついでに思いたくない。

「てことで明後日、駅前に集合。ハモンのヒーターもついでに買えるはずだよ」

半ば強引に日曜日の待ち合わせを決めさせられた僕を、当のハモンがケージの中から不思議そうに見つめていた。

＊

皮肉なことに、訪れた店は先輩がくれた郊外店のリストの中にある一軒だった。電車に四十分ほど揺られた後、駅前からバスに乗り十分。周りを住宅街に囲まれたここは、かつてニュータウンと呼ばれていた土地だ。

「微妙に不便な立地だなあ」

バス停から数分歩いてたどり着いた店は、二階建てのそれなりに大きな造りだった。

「この辺の人は車移動がメインなんだろうね」

店の敷地より広い駐車場を眺めて隼人くんがつぶやく。

「車は便利だけど、車型の生活って好きじゃないな。大きいプレハブみたいな店ばっかり増えて味気ないし」

「若者の言葉とは思えないね」

苦笑しながら返すと、隼人くんは口を尖らせて言った。

「だって海外のミステリでもさ、田園以外の田舎って事件も大味なのが多いんだよ。土地ばっかり広くて人の目がないから、連れ込み放題の監禁し放題でサスペンスホラーに傾きがちなんだ。やっぱ読んで面白いのは、都会や歴史のある町で起こる事件だよね」

そういう観点で車型社会を批判する人物に、僕は初めて会った。

（にしても連れ込み放題の監禁し放題って！）

肩を落として入り口に差しかかろうとした僕に、隼人くんが素早く囁いた。

「ここから先は事件についての会話はなしだよ、念のため」

「うん」

時間は午後一時。自動ドアをくぐると、仔犬の甲高い鳴き声が聞こえてくる。

「うわあ可愛い！」

中学生らしい無邪気さで、隼人くんは一目散に犬のコーナーへと向かった。僕は店内の見取り図を記憶してから、その後を追う。

「見て見て。こんなにちっちゃいよ！」

ころころ太った柴犬の仔を抱き上げて、満面の笑みを浮かべる。それはまさに正統派のアイドル写真そのものといった風情で、近くにいた女性の店員さんが頰を染めたほどだ。

「本当だ。可愛いね」

抱き上げられた仔犬は軽く舌を出し、隼人くんの手をぺろぺろと舐《な》めている。ぴんと立った耳と真っ黒な瞳が愛らしい。

「欲しいけど、無理かな」

「そんなことないよ」

笑顔で返す僕に向かって、隼人くんは囁く。

「そうじゃなくて」

「え?」

「値段。仔犬の値段で一万五千円くらいのやつは?」

「あ、ああ」

僕は慌ててケージを眺める。しかし仔犬の値段は予想外に高く、最低でも五万円はした。人気のある犬種ばかり取り揃えているせいだとは思うけど、それにしても微妙な気分だ。

「ごめん。よく見たらさすがにお年玉じゃ無理って感じだよ」

わざとらしい口ぶりでさとしてみる。

「んー、残念。じゃあ他の生き物も見てみよう」

仔犬をケージの中にそっと下ろしながら、隼人くんは次に隣の小動物コーナーへと向かった。そしてそこでも似たような台詞を交わし、その次は小鳥、そして熱帯魚と爬虫類、さらには昆虫のコーナーまで舞台は進んだ。僕はそのつど値段をチェックし、近いものを片っ端から頭に入れていく。その間隼人くんは生き物とたわむれるふりをしながら、周囲に怪しい素振りの人物がいないかチェックしていた。

「……ちょっと休もうか」

小一時間が過ぎた頃、僕らは互いの役に疲れて店の二階にある休憩所に腰を下ろした。階段脇に設置されたベンチからは、とりあえず二階の売り場が一望できる。

「一階は見えないけど」

「うん。でもなんとなく一階は気分じゃないんだよね」

「なんでだい？」

「だって一階は人気のある犬や猫がメインだったからさ」

顔の見えない犯人を警戒してか、隼人くんはわざと遠回しな表現を続けている。おそらく、一階は混雑しているから盗みには適さないと言いたいのだろう。

「それにくらべて二階は水槽に入った熱帯魚と爬虫類、それに昆虫がメインで静かじゃない？　大人の世界って感じがする」

「昆虫コーナーは男子に人気だけどね」

「うん。でもハムスターやウサギのコーナーほど騒がしくないから、お店の人も楽みたいだ。だからちょっと聞きたいとき、いなかったりして不便だけどね」

二階は趣味性の強い品揃えだから上がってくる人の絶対数も少なく、と同時に店員の数も少ない。僕は売り場を見渡して、さらにある点に気づいた。

「ああ、よく考えたら騒がしいのは嫌だよね。アパートなんだし、吠えたり鳴いたりしない生き物の方が向いてないかな」

犯人は元々ブリーダーとのつきあいがあるようだから、そもそも犬猫である可能性は低い。そう考えた瞬間、僕は先輩の言葉を思い出したのだ。爬虫類はいいぞ。鳴かないしばたばた暴れ回ったりしないし、マンションやアパートで飼うにはもってこいだ。

「そう、爬虫類か昆虫だよね」

ジュースをごくりと飲んで隼人くんは正面を見つめる。

「だって鳴かないものでも魚はちょっとね。水の問題があるし」

いくらなんでも、直に水槽の中からすくっていくなどという犯行はないだろう。それは僕も同感だ。

「じゃあそのあたりを中心に考えようか」

購入を計画するふりをしながら、僕らはそのまま夕方まで店に居座り続けた。ちなみに値段に近かったのはリクガメとカメレオンとヘビ、そしてある種のカブトムシの幼虫。しかし僕らは明らかな窃盗行為を目撃することもなければ、店側がそれに気づくこともなかった。

最後に本来の目的である小動物用のヒーターを買った僕らは、バスの座席に並んで腰かける。

「やっぱり盗みの計画じゃなかったんじゃないかなあ」

僕がつぶやくと、隼人くんは首をひねった。

「でも、通常の取引だったら店名を一字伏せる理由がないよね。あれってインターネットの検索に引っかかりたくない人がよくやる手でしょ」

「まあ、それはそうだけど」

なんにせよ後ろめたいことをしているのだろう、とは思う。けれど犯人が現れなかった以上、愉快犯的な可能性だって捨てきれないのだ。

(犯罪なんて、出会わない方がいいに決まってるし)

とりあえず今回はこれでお役ご免だ。心安らかな気分で隼人くんと別れると、僕はハモンの快適な生活を祈って家路についた。

＊

しかし事件と隼人くんはどこまでも僕を追いかけてくる。家に帰って一息つくやいなや、携帯電話がメールの着信音を奏でた。

『今日の収穫がアップされてる！』

メッセージと共に表示されたアドレスをパソコンに打ち込むと、確かにそこには『入荷』の文字がある。ということはやはり、僕らが犯行に気づかなかっただけなのか。

（それとも、時間がずれてたとか？）

犯人の都合で午前中に行われたとすれば、目撃できなくてもしょうがない。ちなみに今日見てきたものの中で、僕が一番盗みやすそうだと思ったのはカブトムシの幼虫が数匹まとまって売られていたものだ。お総菜入れにも使われるような透明の容器に入っているため、持ち歩きしやすい。けれどその容器はレジのそばに置いてあったため、よほど上手いタイミングでなければ盗むのは難しかっただろう。

（きっと何か目くらましがあるんだ）

瞬間、頭の中に書店で万引きをしていた女子高生の姿が甦る。あんな風に、カバンにぽとりと入れるだけの盗みなら誰だってできるだろう。しかし生き物を盗むとなると話は違う。

『引き続き追ってみるから。二葉さんも注意してて』

隼人くんのメールにため息をつきながら、僕はあっという間に冷めたインスタントコーヒーをすすった。

次の犯行予定日はまたしても日曜日。そしてやはり都心から少し離れた大型店舗だ。ペットショップが賑わうのはやはり休日だからかな、と大勢の家族連れを見ながら僕は考える。

「可愛い！　可愛すぎて連れて帰りたくなっちゃうよ」

チワワの子を抱かせてもらった隼人くんは、店員の若い女性に笑いかける。すると瞬時に彼女の顔にも笑みが広がる。恐るべき破壊力。いや、それとも癒しのパワーか。

「なんだかすごく絵になる感じね。この子も一緒に帰りたがってるみたい」

「そうかな？　でも実際、我慢できなくて無断で連れて帰っちゃう人とかいそうだね。だっておこづかいじゃ到底無理な値段だし」

「うーん、困ったことだけどそういう人もたまにはいるわ。でもほとんどは見つかるわね。

うちでは犬や猫はそれぞれのケージに入ってるから、空になってたらすぐにわかるもの」

それに広場に出してるときは、店員が二人で見てるし。ポニーテールの彼女は小さな囲いを示して言った。

「そっかー。でもポケットに入るような生き物だったらどうかなあ?」

わざとらしく昆虫のコーナーに目をやりつつ隼人くんは首をかしげる。無邪気な子供を装って、さりげなく聞き込みをする隼人くんの能力にはいつもながら舌を巻く。

「小さな生き物でも同じよ。見えなくなったらわかるわ。あ、でも……」

彼女はふと何かに思い至ったように、違う方向を見つめた。

「爬虫類は、例外かも」

「え? どういうこと?」

「私は犬猫担当だからそこまで詳しくないんだけど、他の担当の人から聞いたことがあるの。爬虫類って種類によってはすぐ隠れてずっと見えないから、いるかいないかわからないねって」

「……へえ」

カバンに入れても鳴かず、ケージの中では常に隠れている爬虫類。盗まれても発見が遅いという点も含め、泥棒向きの対象だ。しかも中には珍しい品種もいるから、値段の上でも合致しやすい。

（やっぱり、着眼点は間違ってなかったんだ）

それで確信を得た僕たちは、この店でも長い時間を費やした。しかし依然として爬虫類コーナーに怪しい人物は現れず、張り込みはまたもや空振りに終わった。

「おかしいな」

翌日、いつものファミレスで隼人くんは眉間に皺を寄せる。

「二回も逃すはずがないんだけど」

「でも実際、怪しい人はいなかったよ」

「なのにご希望の商品は無事入荷。これってどういうこと？」

僕はピザを頬張りながら首をかしげた。

「いっそ店員が犯人とか」

「もしそうだったら、あんなに店を転々とする必要はないんじゃないかな」

タバスコの瓶を片手に隼人くんは口惜しそうにつぶやく。

「何かあるはずなんだ。見えない理由が……」

実のところ僕は、こんなこともあるさと思っていた。だってそうだろう？　いくら頭のいい隼人くんだからといって、所詮は中学生。そうそう思った通りに事が運ぶと決まっているわけじゃない。

「まあ、あんまり考えすぎない方がいいよ。おかげで毎週末、結構楽しいし。隼人くんだって昨日、あのチワワを抱けて嬉しかったでしょ」

せめてもの慰めのつもりで言うと、隼人くんはいきなり二人で食べているピザに激しくタバスコを振りかけ出した。

「嬉しくないよ。むしろ気持ち悪かった」

「はあ?」

「あんなの、便宜上嬉しそうにしてただけだよ。ついでに言うとぼく、チワワとかランチュウとか大っ嫌い。あと、背骨に色水が入ってる透明な魚とかも許せない」

詐欺だ。あんなこぼれんばかりの笑顔までしてたくせに。僕が絶句していると、隼人くんはさらにきつい言葉を重ねる。

「品種改良しすぎた生き物って、不自然な感じが先に立つから嫌なんだ。それにこないだペットの本で読んだよ。チワワは帝王切開でしか出産できないんだって。犬は安産のお守りになってるはずなのに、皮肉な話だよね」

タバスコで真っ赤に染まったピザを片手に、隼人くんは吐き捨てるように言った。

「食べるための品種改良ならまだ理解できるよ。でも見た目だけのために生き物をねじ曲げる感性が気持ち悪いんだ」

「うん」

僕は軽くうなずく。彼の言いたいことはよくわかる。寒冷地でもないのに無闇に長い毛。捕食されやすそうな綺麗な体色。寿命を縮める小さな骨格。その生物にとって必要のないものを身につけさせられている姿は、確かにグロテスクだと思うから。

「だからさ、余計にそれを扱う人にはしっかりして欲しいって思うんだよね」

歪められた命と、それを売り買いする人間。そこに卑怯な手で絡んでくる犯人。隼人くんが熱くなる理由はこれだったのか。

「そうだね、でも……」

考えながら慎重に言葉を選ぶ。わかるけど、僕はそうじゃない。

「それはそれとしないと」

「どういうこと？」

「うまく言えないけど、生まれちゃったものはしょうがないっていうか。でもって生まれた以上は生きるしかないじゃない？」

罪は人にあって、動物にはないはずだから。生命をめぐる問答はいつも、僕自身の姿勢を問われているようで緊張する。

(違う意見を言っちゃったけど、怒らないかな)

しかし隼人くんはそんな僕をじっと見つめ、こう言った。

「なんか、先生らしいじゃん」

「え？」

「うん。初めて先生らしいって思ったよ」

真面目な表情でピザをぱくつきながら、彼はうなずく。

「どうしてそう思ったのかな」

「んー、なんでだろうね？　でも、教えてもらったって感じがしたからさ」

「はは、どうかな」

照れくさいけど、嬉しかった。

頭のいい隼人くんを前にしていると、僕など必要ないと思うことがときどきあった。そしてそのたび僕は、アルバイト代を貰っていることに後ろめたさを感じていたのだ。

「……ありがと」

僕は気分も新たに、ピザにかぶりつく。しかし次の瞬間、口の中で何かが爆発する。

「……！」

(なんで平気な顔で！　水とか飲んでないし！)

じたばたと暴れる僕を見て、隼人くんが横目でくすりと笑った。

＊

三度目の犯行予告では、初めて舞台が都内になった。しかもデパートの屋上。犯人によるとここは『信頼の畑』で『ショーの前後が狙い目』だそうだ。

ちなみにショーというのは、小さな子供たちのために催されるヒーローショーのことを指すらしい。調べてみると午後に二回公演があったので、僕らはそれに合わせて来たというわけ。

「案外狭いよね」

郊外型店舗のだだっ広さに慣れた僕らに、屋上のペットコーナーは実際よりも小さく映る。

「でも、待ちやすいかも。ベンチや軽食スタンドまであるし」

「あ、あそこなんか最高だね」

エレベーター脇に置かれた椅子は、適度に店内を見渡せる位置にあった。

「売ってるものも限られてる。場所をとる犬猫は少なくて、小鳥や小動物、それに熱帯魚や爬虫類が多いね」

カメレオンのケースを横目で見ながら、僕は値段を片っ端から見てゆく。するとしばらくしてから、あることに気がついた。

「隼人くん」

「なあに？」

「予算は、三万円だったよね」

「そうだけど、どうかした？」

確か掲示板に書かれた内容は、『三万円で信頼できる所から収穫したもの』だった。けれど。

「予算に近いのが、いないんだよね」

十万円を超える犬猫を除くと、この店は存外手頃な値段のものばかり売られている。他をどう探しても、一万二千円のアロワナがマックスだ。

「一万二千円……」

店内をそれとなく観察しつつ、隼人くんは歩き回る。ショーの時間が近づくにつれ、屋上に人が増えてきた。犯人はこの人混みに乗じて盗みをはたらこうとしているのだろう。

「目的のものが偶然、ここに入荷してないとか」

「じゃなきゃ午前中に売れちゃったか」

いずれにせよ、犯人にとって不測の事態が起こったのかもしれない。だとしたら今日の犯行は取りやめで、僕らはまたまた無駄足を踏むことになる。

「うわあ、すっげえ！」

そのとき、子供の声があたりに響き渡った。

「こら、静かにしなさい。ガラスも叩かない」

「でもすげー。恐竜みたい！」

声の方を見ると、小さな男の子がお父さんと二人でカメレオンのケースの前に立っている。ヒーローショーを見に来たくらいだから、小学校の低学年だろうか。無邪気に生き物を見て喜んでいた。そしてその声にふり返った何組かの親子連れやカップルが、興味をひかれたようにぞろぞろとケースの近くへと集まってくる。

そしてそのおかげで、僕らのいるエレベーター付近の混雑は解消された。

「みんなあっちに行ってくれたおかげで、見えやすくなったかな」

僕が言うと隼人くんも苦笑する。

「ま、来ないかもしれないんだけど。けど、どっちにしろこの通路に生き物は置いてないから、やがて空くとは思ってたよ」

「グッズばっかりだもんね。水槽とか浮島とか」

中にはハモンに買ったものより一回り大きなヒーターや、お徳用の餌なんかも置いてある。それを見た隼人くんは、はっとしたように顔を上げた。

「ちょっと待って。あっちの端っこもそういうコーナーがあったよね」

「ああ、そうだね」

店は鰻《うなぎ》の寝床のように細長い造りだったから、メインの生き物コーナーから遠ざかるにつれ人気のない商品や消耗品の棚になっている。

「そうか。そういうことだったんだ」

隼人くんのつぶやきに、屋上のアナウンスが被さった。あと少しでヒーローショーが始まるらしい。店内にいた人々が中央の広場に向けて移動しはじめると、再び通路はざわめきに満たされた。

「二葉さん、お願いだ。急いで値段を見て」

「え？」

いきなり立ち上がった隼人くんは焦れたように、僕の腕をつかむ。

「生き物じゃなくて、グッズなんだよ。三万円の何かがどこかにあるはずなんだ。ぼくはあっち側を見てくるから」

そう告げるやいなや、反対側の通路に向かって駆けていった。

「グッズ……？」

頭の中に疑問符を浮かべながらも、とにかく僕は通路に置かれた物の値段を見てゆく。犬のおもちゃ。人工海水の素、様々なサイズのアクリルケース。しかしどれも値段はぱっとしない。

そんな中、目をひくものがあった。

（三万円ぴったりだ！）

それは箱に入った小型蛍光灯のようなものだった。よく見ると海水魚用殺菌灯と書いてある。二分もしないうちに戻ってきた隼人くんにそのことを告げると、彼は強くうなずいた。

「ぼくの方は水を濾過《ろか》するフィルターのセットが二万七千円」

多分こっちがビンゴだよ。彼は再びエレベーター脇に陣取ると、静かに身構える。アナウンスでは、いよいよヒーローが登場すると告げていた。時間ぎりぎりにやって来たお客さんが次々とエレベーターから吐き出される中、僕らはその中の誰かを待つふりをしながら座っている。

するとざわめく店内で一人、人の流れと動きの違う人物がいた。ニット帽を被った若い男は、さりげない動きで廊下の端を歩く。最初はただのお客で、他の人の邪魔にならないよう端に寄っているのかとも思った。しかし彼はあたりをうかがいながら、あろうことか殺菌灯に手を伸ばし、肩から下げたカバンにぽいと放り込んだのだ。

「あれだ……！」

興奮のあまり僕が声をもらすと、隼人くんの声が被さってくる。

「ねえ、おじさんまだかな」

「さ、さあ」

目を離さずに返事をすると、隼人くんはこう言った。

「おじさんに言わなくちゃ。やっぱりショーは現場で見なきゃ駄目だって」

保安員に連絡して現行犯逮捕。そう言いたいらしい。そこで僕は提案してみた。

「おじさん、呼んでこようか？」

＊

結局男は僕が呼んできた保安員にデパートを出ようとしたところで捕まり、警察へ連れて行かれることになった。最初はただの万引き犯としてデパートの一室に連れて行かれたのだが、隼人くんがわざとらしく「これでネットにアップできる、とか言ってました」と証言したため、めでたく警察送りになった。

証人として一緒に来ることを求められた僕らは、顛末《てんまつ》が気になったのでおとなしく警察までついていった。犯人とは別の部屋で事情を聞かれた僕らは、わりと正直にこれまでの経緯を説明する。ハモンのヒーターを探して例の掲示板を見つけたこと。そしてその文面を頼りにここに来たこと。

「たとえ間違っててもよかったんです。だって、悪いことが起こらなきゃそれでいいから」

はきはきと喋る隼人くんを前に、担当の刑事さんは感心した風にうなずく。

「いやあ、しっかりしてるねえ。でも今度から怪しいと思ったら先にこっちに教えてくれないかな」

危険な目に遭《あ》うかもしれないからね。人の好さそうな刑事さんは、隼人くんに笑いかけた。ちなみに保護者の立場にあるはずの僕は、ほとんど基本的なことしか質問されなかった。多分、隼人くんだけで充分だと思われたのだろう。

「わかりました。気をつけます」

同じように笑顔で返す隼人くん。けれどそれが嘘だというのは、彼の話す内容を聞いていればわかった。なぜなら話の上で僕らは、このペットコーナーにしか来ていないことになっていたからだ。

（さては面倒くさいと思ってるな）

彼のことだから、他の店のことまで説明するのは時間がかかるとか思っているんだろう。実際、僕も調書作成のための事情聴取にはそろそろ飽きてきた。

二時間ちょっともいただろうか。帰り際、刑事さんは僕らにガムを差し出して言った。

「ご協力ありがとうね。これからあの男の顧客も調べて、違法な取引をやめさせるよ」

「よろしくお願いします」

ぺこりと頭を下げる隼人くん。それにつられて僕もなんとなく頭を下げる。すると刑事さんは何気ない感じでこう言った。

「これから、探偵ごっこはほどほどにね」

かちんときた。その言い方はないだろう。

（本当の犯罪を暴いたんだから、ごっこじゃないのに）

一体僕らがどれくらいペットショップで時間を潰し、寒い中バス停に並んでいたと思っているのだ。そして隼人くんが、どれほど真剣に生き物について考えていたか。

僕は思わず刑事さんを軽く睨《にら》みつける。文句を言わなかったのは、余計なことを喋って隼人くんの証言を台無しにしたくなかったからだ。

しかしそんな僕の視線に気づくことなく、刑事さんは笑顔で僕らを出口まで送ってくれた。やはり笑顔で彼に手を振る隼人くん。心の底ではさぞや怒っているのだろうが、それをおくびにも出さない。彼の忍耐力に感心しながら、僕は自分自身の憤《いきどお》りも抑え込む。

歩き出してから三つほど角を曲がったところで、ついに僕は堪えきれず口を開いた。

「あんなこと言わなくてもいいのに」

「え？」

「探偵ごっこだなんて、さ」

言葉にすると、さらに口惜しい気持ちがこみ上げてくる。年上の僕が、彼を守らなければいけなかったのに。僕はコートのポケットの中で、ぐっと拳を握りしめた。けれど不思議なことに、隼人くんの表情は変わらない。

「大丈夫だよ、二葉さん」

にっこりと微笑む。こちらの気持ちまで晴れ晴れとしそうな、さわやかな笑顔だ。

（もう、無理しなくていいのに）

僕を気づかって、ことさら明るく振る舞ってくれているのかな。そう思ってうつむいていると、隼人くんは続けた。

「それにしてもあの人、ステレオタイプだったよねえ。まるっきりアニメの『名探偵コナン』とかとおんなじ。ぼく的にはもうちょっとオリジナリティのある台詞を言ってほしかったなあ」

強がりはもういいよ。僕がそう言おうとしたとき、隼人くんは口の端をにっと吊り上げる。

「ま、でもこれもちょっとだけ憧れてたからいっか」

「はあ?」

「一度さ、警察官に『探偵ごっこはやめろ』とか言われてみたかったんだよね。こればっかりは自分で望んでも経験できるものじゃないし」

若き探偵にはお約束の台詞だからさ。そう言ってくるりとターンした。

「もう、超満足!」

あり得ない。ていうか僕は超ブルー。

＊

後日、インターネット関連のニュースにごく小さな記事が出た。高額なペットグッズを他店で盗んでは売りさばく、悪質な業者が逮捕されたのだという。男は他にも知りあいのブリーダーと組んで仔犬を高額で販売していたが、その血統書は真っ赤な偽物だった。

「仔犬は実際にその犬種だったらしいね」

隼人くんの部屋でお茶を飲みながら話していると、ハモンが回し車で遊ぶ音が聞こえてくる。

「そりゃあお客だって馬鹿じゃないからね。見た目くらい合ってないと」

からから、からから。小さな足で懸命に駆けるハモン。

「でもそういう詐欺だったら、逆に許せたと思うよ。だって血統書がなくたってその犬種であることに変わりはないわけだし」

付加価値にお金を払うのは、払う側の問題でもある。しかし何故、ただの犬では駄目なんだろう。

「ちょっとだけ極論を言ってもいいかな」

僕はぽつりとつぶやく。

「うん？　それってどんな？」

「ペットショップなんか、なくなればいいのに」

ここ数日、とらわれていた思いだった。

「なるほど、極論だね。その理由は？」

「毎日、保健所で殺される犬や猫は山のようにいるだろう。犬を飼いたいならそこから選ぶようにすればいい。そんな風に思ったから」

僕の言葉に、隼人くんは無言でうなずく。

「日本にいない生き物を飼いたい場合はしょうがないけど、殺すほど溢れてるのに新しいものを求めるのって間違ってないかなって」

犬は犬だし、猫は猫。それでいいじゃないか。子供のように融通《ゆうずう》の利かない自分が、心の中で叫んでいる。

「うん。その意見にはぼくも賛成だよ」

人が娯楽で生き物を扱う時点で、何かが歪んでしまうのはどうしようもないのかもしれない。けれどだからといって、見てみないふりもできないのだ。

「でも餌やケージは必要だから、ペットショップには存続してほしいな。ペットグッズショップとしてさ」

ハモンにひまわりの種を手渡しながら、隼人くんは僕を見上げる。

「ね」

「うん、そうだね」

学校帰りにいつも通った小鳥屋。そこには育ちすぎて売り物にならなくなった柴犬がいて、僕らは必ずそいつを撫でてから店に入った。さらに店の中にはもう一匹小型の犬がいて、愛想よく尻尾を振って迎えてくれる。明らかな雑種だったけど、店のおじさんもおばさんも表の犬とわけへだてなく可愛がっていた。もちろん、僕らも。

あのひんやりと湿った鼻先。身体を振るときらきらと空中に舞う毛。よだれでべとべとにされたズボン。僕は隼人くんの手によじ登ってきたハモンの背をそっと撫でながら、なんとも言いようのない気分になった。

ところで、と隼人くんは引き出しから一冊の文庫本を取り出す。

「事件で忘れてたけど、今回の宿題はこれ。ドナルド・E・ウェストレイク！　やっぱり泥棒ときたらドートマンダーだよ」

タイトルは『天から降ってきた泥棒』。ドートマンダーというのは、どうやら作中の泥棒の名前らしい。

「明るく楽しく、心正しい泥棒の話。アニメのルパン三世に近い感じだから、安心して読めると思うよ」

「泥棒なのに、心正しいんだ」

「まあ、ね。実際に盗みをはたらいてるから善人とは言わないけど、悪い人じゃないよ」

「悪い人じゃないのって、けっこう重要だね」

僕の手に移ってきたハモンをそっと支えながら、僕は言った。

「そうそう。そこ、けっこう重要なんだ」

善人じゃなくてもいい。ただ、悪い人でなければ。隼人くんの言葉を、僕は心の中で嚙みしめる。しかしそれとほぼ同時に、ハモンも僕の指を力強く嚙みしめていた。

「あいててて っ」

＊

家庭教師を終えて帰る道すがら、僕はぼんやりと考える。

教えたり教えられたり、僕らの会話はいつも先生と生徒を行ったり来たり。最初は頭のいい隼人くんに引け目を感じたりもしたけれど、でも、それでもいいと今は思う。

(だって、楽しいからね)

楽しさが全てを容認する切り札になるのは、やはり隼人くんの影響だろうか。僕一人では到底行かなかったであろう場所に、会わなかったであろう人々。新しい世界を切り開いてくれる彼は、まるで僕の水先案内人だ。

「あ」

目の前を横切る黒猫。以前の僕だったらそれを不吉としか捉えられず、おびえていたことだろう。けれど今は違う。歩道の端でこちらをうかがっている猫に、僕は軽く手を振った。

「またね」

「あ、そうそう。まだ先の話だろうけど、卒論を書く前には『六の宮の姫君』を読んでおいた方がいいと思うよ」

「ミステリはお好きですか？」

ミステリが好きです。だからつい、ミステリの本ばかりが登場するお話を書いてしまいました。

作中で隼人から二葉がすすめられる作品は、いずれもあまり恐くない内容で、少し時代が前のものが多いです（あ、でも江戸川乱歩のみ同時収録作にちょっと恐いものがあります）。ちなみに古い作品を意図して選んだのは、お話の中の言葉づかいや考え方が現代よりも比較的品が良く、恐がりの二葉には適していると考えたからです。同じものを表現するにしても「後をつけてくる男」と「ストーカー」では受ける印象が違いますよね。そのあたりを楽しんでいただけたら、と思います。

最後に左記の方々に心からの感謝を。担当の秋元英之さんと装幀の石川絢士さん。一緒にミステリの本を作ることが出来て本当に嬉しいです。「古典に近くてでも読みやすくて、その上あんまり人の死なないミステリってどれだっけ？」という無理難題に頭をひねって下さったミステリ好きの皆さん。「人は死んでも読後感はさわやかなのってあったっけ？」という右脳なミステリ談義につきあってくれたG。偉大なる先達と、現代のミステリ作家様。いつも楽しませていただいております。そして今、このページを開いてくれているあなた。もし良かったら、二葉と同じ本を読んでみませんか。どれもとっても面白いですよ。

●作中に登場する文庫リスト

①『押絵と旅する男・江戸川乱歩全集第五巻』江戸川乱歩（光文社文庫）

『屋根裏の散歩者・江戸川乱歩全集第一巻』江戸川乱歩（光文社文庫）より「二銭銅貨」

②『シャーロック・ホームズの叡智』コナン・ドイル　延原謙・訳（新潮文庫）より「ノーウッドの建築士」

③『黒後家蜘蛛の会　1』アイザック・アシモフ　池央耿・訳（創元推理文庫）

④『猫は手がかりを読む』リリアン・J・ブラウン　羽田詩津子・訳（ハヤカワ文庫）

⑤『天から降ってきた泥棒』ドナルド・E・ウェストレイク　木村仁良・訳（ハヤカワミステリアスプレス）

⑥『六の宮の姫君』北村薫（創元推理文庫）

文庫版あとがき

たとえばあなたが好きなミュージシャンの曲を聴いていて、作曲者のところを見ると、それがカバー曲だったことに気づく。すると原曲も聴いてみたくなって、さらにはその原曲の作曲者がインスパイアされたという古い曲なんかもきいてみたりする。そしてさらにさらに、元ネタの曲が使われたという映画なんかまで観ちゃったりして。

実は本にも、こういうことがあります。ことにミステリでは、その遭遇率が高い。ある本を読んでいて、作中に古典ミステリのタイトルが出てくるなんて当たり前。そして慣用句のように「まるで『そして誰もいなくなった』みたいだな」と使われることもあります。はたまた、まるっと換骨奪胎しちゃってる作品だって、けっこうあったりして。

そんなあれこれから、広がる読書があります。この『先生と僕』は、僭越にもそんな読書の道案内をしてみたいなと思って書きはじめたシリーズです。なので作中、登場する作品と物語は、ちょっとだけ重なっています。どこがどう重なっているかは、両方読んでみないとわかりません。

もしこの本をきっかけに、あなたの読書が広がってくれたら嬉しい。

そこで文庫化にあたり、道案内のプロフェッショナルである千街晶之さんにも個々の作品について触れていただくことにしました。素晴らしいガイドをしていただいて、ありがとうございます。

最後に、左記の方々に感謝を。

懐かしくも愛おしい雰囲気の装幀をしてくださった石川絢士さん。連載時からずっと並走してくれている担当の秋元英之さん。営業や販売など、この本に関わってくれたすべての人々。私の家族と友人。たくさんのギフトをくれたA。大切なK。

なによりも、素晴らしい作品を書いてくれた作家の方々。

そして今、このページを読んでくれているあなたに。

坂木　司

特別便 ホリデーとホテルと僕

第一章

今朝の仕分けで、久しぶりにエリ外が出た。その伝票を見て、ボスが軽く顔をしかめる。

「ちょっと離れてるな」

「なのに昼までって時間指定がある」

迷惑な話だよねえ。汗を拭《ふ》きながらコブちゃんが首を傾《かし》げる。

「じゃあ午前の帰りにでも行ってきましょうか」

リカさんが気を利かせて言うと、ボスは本日の荷物をじっと眺めてからいきなり俺を指差した。

「沖田、お前午前中はリカの車に乗ってけ」

「え？　でもいいんすか」

「お前の荷物、今日は結構重そうなやつが多いからな。そいつを先に配達してから、エリ外につきあえ」

ラックを見ると、たしかに今日は梨や葡萄《ぶどう》などの産直便とゴルフバッグが混在している。こいつらを車で運べたら、どんなにか楽だろう。ついでにそのまま飯食って来てもいいからな、というボスの言葉に俺は嬉々としてリカさんの隣に乗り込んだ。

「でもなんでわざわざ俺をつけたんすかね」

それぞれの担当区域を回った後、エリ外に向かう車の中で俺はたずねる。都心で交通量の多い場所なら道交法の都合上、二人一組が原則だ。けれどこのエリ外は特に繁華街というわけでもない。

「ああ、それはきっと大学だからだよ」

伝票の宛先は大学の研究室。建物名と階数、それに部屋の番号と教授の名前まで几帳面な字で書き込まれている。ちなみに内容は『菓子』。しかも沖縄から。てことは十中八九お土産《みやげ》だな。人が汗水たらして働いてるってときに、学生さんは優雅なこった。

「大学は、やっぱし違法駐車とか厳しいんすか」

「いや、そういうわけじゃないんだけどね。配達のパターンが読めないから」

「パターン？」

「そう。例えばある大学では、保安を優先させるため、全ての荷物は事務室での預かりになる。けどある大学では、この宛先の通りに研究室まで届けてほしいと言われる」

「そういうことっすか」

「しかもその敷地が広かったとしたら、やっぱりもう一人残ってた方が安心だし」

さて今日はどっちかな。正面の近くに車を寄せて、リカさんは笑った。俺はかさばるわりに軽い箱を持って、事務棟の場所をたずねるべく警備員のおっさんに近づいていく。声をかけると、幸いこの大学は警備員室が窓口になっているとのこと。サインを書いてもらっていると不意に風が吹いて、伝票がぱたぱたと音を立ててなびく。

沖縄か。俺もいつか行きてえな。進と由希子と三人で青い海。白い雲。よくは知らないけど、のんびりして良さそうな所だ。

（南国の楽園、かあ）

ぼんやりと想像にふけっていたら、尻ポケットの携帯電話が震えた。開いてみると、進からのメールでタイトルは『おいしそうでしょ』。いい感じに照りの入った豚の角煮の写真が、昼飯前の胃を直撃した。おい、確かこれと似たようなやつが、沖縄料理にあった気がするぞ。『一口食わせろや、こら』素早く打ち込むと、伝票の控えを受け取って歩き出す。すると進も暇なのか、矢のように返事が届いた。『次会うときまでに、もっとおいしくできるようにしておくよ』

そんな殊勝なこと言ってやがると、拉致ってでも家族旅行に連れて行っちまうぞ。この野郎。

第二章

大学の入り口あたりで、宅配便のお兄さんとすれ違った。胸にハチのマークのついた制服を見て、ふと自分の荷物を思い出す。

(そういえば、あの会社だったっけ)

つい三日ほど前。手荷物にするとかさばるお土産を、私はアルバイト先の沖縄から直接研究室に送った。台風がなければ三日で着くよ。カウンターの人は確かそう言っていたはず。ということは、もしかして。

階段を上り、研究室のドアを開けると果たしてそこに荷物は届いていた。

「柿尾さん、それ何?」

馴染《なじ》みの院生さんが段ボールを指さす。

「お土産です。沖縄の」

「へえ、いいねえ。ザ・夏休みって感じ」

「でもないですよ。住み込みで宿屋のバイトだったんですから」

答えながら私はさっそくガムテープを剝《は》がしにかかった。ちょっとくたびれた感じの段ボールは、市場で野菜を売ってるおばちゃんがくれたものだ。

(これならいい匂いだよう)

頭の中におばちゃんの声が甦《よみがえ》る。うん、確かに。ふわりと立ち上る完熟パインの香りに私は目を細めた。

開けてすぐの所には、沖縄の地元新聞がくしゃくしゃにされて詰め込まれている。

(これがいいんじゃない？　エッチな記事もないしさあ)

余計なことを言いながらオーナー代理がくれた新聞。丁寧に皺を伸ばすと、一面には台風一過のニュースが載っていた。ぽきりと折れた電信柱と、あわやその下敷きになりかけた車。私は顔に当たる激しい雨粒を思い出す。

「あ、ちんすこうだ」

新たに顔を出したゼミ仲間が箱を覗《のぞ》き込む。

「やっぱり、お約束ですから」

「そうだよなあ。俺だってこないだ、北海道でトラピストクッキー買ったもんなあ」

小分けになったちんすこうを取り出し、とりあえず室内にいる皆に配る。

「しかしちんすこうって、何で二個入りなんだろう」

「それいったら、トラピストクッキーなんか三枚入りじゃなかったっけ」

「あ、そっか」

笑いながらさらに箱の下を探ると、今度は塩せんべいが出てきた。これは小麦粉で作った丸いせんべいを揚げ焼きにしたもので、おやつにもおつまみにもなるスナックだ。

(あたしらは子亀のが好きだよう)

ひやひやひや。小さな亀形をした塩せんべいは、クメばあとセンばあの好物だった。ホテルジューシーの狭い和室からは、二人がせんべいを食べる音がよく聞こえていたっけ。

「手が汚れますから」

仕事中にすすめられて、そう辞退すると二人は揃《そろ》って私に迫ってくる。

「あーん、てしなさいねえ」

そこまでされると、私はついに降参する。

「わかりました、いただきますから!」

皆で分けた塩せんべいをくわえながら、私は段ボールを綺麗にたたんだ。

「さて、じゃあ講義があるんで失礼します」

研究室を出た私は、次の教室へと向かう道すがらせんべいを食べ終える。少し油のついた指を舐め、つかの間悩んだ後にTシャツの裾でこっそりと拭《ぬぐ》う。しかしその瞬間、正面から歩いてきた男子にそれを目撃された。文庫本を小脇に抱えた彼は、ちょっとびっくりしたような顔をしている。

私は誤摩化すように、無意味にTシャツの裾を引っ張ってみせた。駄目じゃん。

第三章

推研の部屋に行くと、テーブルの上に小さな蛇が何匹もいた。とは言ってもそれは本物ではなく、れっきとしたおもちゃなのだが。

「あれ。今頃沖縄行った人がいるんすか?」

山田が藁《わら》で編まれたその民芸品を指差して、辺りを見回す。そうそう、確かこれはハブを模したものだったっけ。けれどそう考えたとたん、不吉な想像が頭をよぎる。まずはがぶりと一嚙《ひとか》み。そして毒が回りはじめ、徐々にしびれが広がってゆく……。

(恐いから！　ていうかこれは現実にありそうでリアルに恐いから！)

僕が人知れず怯《おび》えていると、先輩の一人が苦笑しながらその蛇を無造作に掴《つか》み上げた。

「俺が爬虫類《はちゅうるい》好きってことで、同じゼミの奴が夏休み明けにくれたんだけどな」

多めにくれたから、まだ余っちゃっててさ。そう言って僕と山田の手に強引に握らせる。

（藁！　民芸品！　おもちゃだから！）

僕は念仏のように頭の中で唱えながら、とりあえず藁百％のものだけを山田に引き取ってもらった。バリエーションでカラーテープを編み込んであるものなら、ちょっとポップなイメージで、蛇を連想せずに済むかと思ったのだ。が、しかし。

「まさにまだらの紐、ってとこだね」

隼人くんは指ハブを見るなり、そう言ってのけた。しかも始末の悪いことに、僕は最近ちょっとばかりミステリーの知識が増えてきている。だからそれがホームズの話に出てくる毒蛇のことを指しているんだと、わかってしまうわけで。待ち合わせ場所の書店でひっそりうつむく僕に、隼人くんはたずねる。

「でも、冬に沖縄？　そういうのって避寒《ひかん》とか言うんだっけ。大学生は優雅だね」

「ああ、それは違うよ。先輩がこれを貰ったのは夏休み明け。それから色んな人に配って、最後に僕のところで打ち止めってわけ」

「あ、そっか。時間差のトリックに自分から引っかかっちゃった」

指先にハブを嚙みつかせたまま、ぷらぷらと手を振って笑う。それから二人で新しい問題集を吟味し、店を出たところで隼人くんは鞄から本を取り出した。

「ところでこれ、新しい問題集」

差し出された本は『配達あかずきん』。ソフトカバーだけど普通サイズの大きい本だ。

「文庫じゃないんだね」

「うん。これは珍しくお母さん公認だったから、スポンサーつきで買えたんだ。最近出た本なんだけど、書店が舞台で面白いよ」

書店と聞いて件の万引き事件を思い出し、僕は再び暗い気分になる。でもまあ、今のところ僕の先生がおすすめしてくれる本に外れはないし、とにかく読んでみるとしよう。

伊藤二葉、十八歳。相変わらずヘビーな恐がりですが、食わず嫌いはやめようと思う今日この頃です。

解説

千街晶之（ミステリ評論家）

もしあなたがミステリファンであれば、ミステリの面白さに目覚め、さまざまな作品を読み耽《ふけ》るようになった過程を思い返してほしい。何の指針もなく手当たり次第に読んでいっても、いつかは自分の好みの作品に辿《たど》りつくだろう。だが、そういう時には、今までにどんなミステリが存在したかを教えてくれるガイドブックがあると、より便利なのも確かではないだろうか。

中には、ミステリ小説そのものが、他のミステリを紹介するガイドブックの役割を兼ねている場合もある。最近の作品で言えば、乾くるみ『蒼林堂古書店へようこそ』（二〇一〇年）などがその好例だ。そして、坂木司の『先生と僕』（二〇〇七年一二月、双葉社刊）もまた、ミステリ小説であると同時にガイドブックでもある——という二重の読み方が用意された一冊なのである。

『先生と僕』は、ミステリ好きの中学一年生と、彼の家庭教師を引き受けることになった大学一年生のコンビが数々の謎を解決してゆく連作短篇集である。

……と書くと、タイトルの「先生」が大学生で、「僕」が中学生だと普通は思う筈だ。しかし、実際に読んでみるとこの二人の関係、決して定石通りではないのが面白い。

語り手の「僕」こと伊藤二葉は、大学一年生、十八歳。まだ都会に慣れておらず、しかも極度の怖がりで、何かにつけて悲観的な妄想を膨らませてしまう。十八歳男子としては如何なものかと思うほど小心なのである。そんな彼に声をかけたのは、中学校一年生、十三歳の瀬川隼人。成績優秀な彼はもともと家庭教師など不要なのだが、心配性の母親を安心させるため、街で見かけた二葉に家庭教師のふりをしてくれるよう頼んだのだ。この時点で既に、通常の生徒と先生の関係とはかけ離れていると言えよう。隼人は単に優等生であるにとどまらず、田舎でおっとりと育った二葉には想像もつかないほど世間の表と裏を知っており、言動を見ている限りではどちらが年上だかわからない。

二葉は平凡な大学生だが、実は視界を写真に撮るように記憶する能力に恵まれている。一方の隼人はミステリマニアだけあって、些細な出来事から犯罪の兆候を見出し、二葉の記憶力を利用して事件の真相に迫る。隼人はアイドル並みの美少年なので、女性から情報を聞き出すのもお手の物だ。「犯罪は、エレガントであるべきだとぼくは思うんだけど」

など、些《いささ》か不穏な発言も多いのだが。

二葉と隼人の出会い、そして彼らが解決した最初の事件を描いたのが表題作「先生と僕」(初出《小説推理》二〇〇六年三月号)である。駅ビル内の書店に入った二人は、万引きをしようとしている少女たちを目撃。そして同じ書店で、あるメッセージが記された付箋が貼ってある雑誌を見つける。この時初めて二葉は、一見穏やかな街で進行している犯罪の一端に触れたのだ。

そして、「消えた歌声」(《小説推理》二〇〇六年五月号、初出タイトルは「二人の少女」)では火事になったカラオケ店から消えた二人の少女、「逃げ水のいるプール」(《小説推理》二〇〇六年九月号)では数字が記された謎のメモ、「額縁の裏」(《小説推理》二〇〇六年一二月号)ではミステリアスな展覧会への招待、「見えない盗品」(《小説推理》二〇〇七年三月号)ではウェブ上の掲示板における不可解なやりとり……と、日常から見出したちょっとした違和感から隼人が犯罪の気配を指摘し、優れた記憶力を持つ二葉と二人三脚で謎を解くというのが連作を統一するパターンとなっている。殺人などの物騒な事件は起きず、ほんわかした雰囲気で語られはするものの、真相自体は関係者の狡猾《こうかつ》さを感じさせる薄ら寒いものが多く、人間の悪意から目を背けないという著者のスタンスが窺える。

全体を通して描かれるのは、二葉が隼人という「先生」の導きのもと、謎を論理的に解決する面白さに目覚め、それまでは怖いとしか思っていなかったミステリの愉しさに開眼する過程である。各篇のラストでは隼人が二葉への宿題として、事件と関連したミステリを読むよう勧めるのだが、極端な怖がりの二葉のことであるからして、作中で恐ろしい殺人事件が起きたりするようなミステリは読めない。とはいえ、そんな二葉でも親しめるようなミステリも少なからず存在する。

ミステリの世界では、しばしば「日常の謎」という言葉が用いられる。作中で殺人などは基本的に起きず、日常生活の中から見出された小さな謎を解いてゆくタイプのミステリを指す。『空飛ぶ馬』（一九八九年）でデビューした北村薫を筆頭に、加納朋子、光原百合、松尾由美らがこの系譜に属する作品を発表している。なお「日常の謎」は海外の「コージー・ミステリ」と対比されることもあるが、コージー・ミステリの場合は雰囲気こそほのぼのしていても、作中で殺人が描かれることが多いので、「日常の謎」とは区別して考えるべきだろう。

本書の著者・坂木司もまた、デビュー作『青空の卵』（二〇〇二年）をはじめ、「日常の謎」に属するミステリを多く発表している作家だ。その系譜の作品中でも、本書は先行作品への言及の多さを特色としている。しかも、収録作とその中で言及される作品の内容がリンクしているあたりに、本書ならではの面白さがあるのだ。そして、紹介される先行作品もまた、作中で人が死なないものが多い（例外もあるが）。

まず第一話「先生と僕」だが、ここで言及されるのは江戸川乱歩の「二銭銅貨」（一九二三年）と「押絵と旅する男」（一九二九年）。前者は乱歩のデビュー作で、暗号解読がテーマの短篇だ。後者はミステリというより幻想小説で、押絵細工をめぐる不思議な物語が展開される。まだ連作の導入部ということもあり、本篇の内容と乱歩の二作品との関連性はあまり感じられない。

この連作ならではの趣向が前面に出てくるのは第二話「消えた歌声」からだ。ここで言及されるのは、アーサー・コナン・ドイルの短篇集『シャーロック・ホームズの叡智』のうち一篇。言わずと知れた名探偵ホームズが活躍する作品である。どの作品かは、本篇でも言及されていないので伏せておく。ただしヒントとして、新潮文庫版の『シャーロック・ホームズの叡智』は日本で独自に編まれた短篇集であり、問題の作品は他の文庫では『シャーロック・ホームズの帰還（生還）』（一九〇五年）に収録されている――という事実だけ記しておこう。

第三話「逃げ水のいるプール」ではアイザック・アシモフ『黒後家蜘蛛の会1』（一九七四年）が紹介される。アシモフというとSF作家のイメージが強いけれど、ミステリ方面でも、「黒後家蜘蛛の会」という例会で提示される謎について出席者たちが推理し、最後にはレストランの給仕ヘンリーが真相を言い当てる短篇連作で知られる（所謂《いわゆる》「安楽椅子探偵」ものの代表とされる）。

第四話「額縁の裏」に出てくるのはリリアン・J・ブラウン『猫は手がかりを読む』（一九六六年）。ブラウンは先述の「コージー・ミステリ」の流れを代表するアメリカの作家で、シャム猫のココを主人公とするシリーズで知られる。『猫は手がかりを読む』はその第一作。後にココの飼い主となるクィラランが新聞の美術欄担当記者である点が「額縁の裏」の内容に繋《つな》がってくる。

そして第五話「見えない盗品」で言及されるのはドナルド・E・ウェストレイク『天から降ってきた泥棒』（一九八五年）である。幾つもの筆名を使い分けて多彩な作品を発表したウェストレイクだが、最も有名なのは天才的な泥棒ドートマンダーが活躍する作品群であり、『天から降ってきた泥棒』はシリーズ第六作。警戒厳重な超高層ビルの最上階に軟禁された女性を救い出す仕事を引き受けたドートマンダーが、知恵を絞って窮地を切り抜けてゆく痛快クライム・コメディである。もちろん、本篇の内容とは「盗み」繋がりだ。

そして最後のページで言及されるのが、北村薫の『六の宮の姫君』（一九九二年）。落語家・春桜亭円紫が探偵役を務めるシリーズの第四作で、日本文学を専攻していた女子大生の語り手「私」が、卒論のために芥川龍之介の「六の宮の姫君」の創作意図を解き明かしてゆく異色の文芸ミステリである。

実は著者自身、「WEB本の雑誌」の連載「作家の読書道」でのインタヴュー（http://www.webdoku.jp/rensai/sakka/michi76.html）において、北村作品について「殺人がなくてもミステリになるということに驚愕しました」「一番衝撃だったのは『六の宮の姫君』。ハードカバーが出た頃が、ちょうど卒論の準備をする時期だったんです。卒論の書き方から調べものの仕方など、バイブルとなりましたね」と語っているのだ。『六の宮の姫君』に対する著者の思い入れが、本書におけるこの作品への言及の背景にあると考えても、あながち間違ってはいないだろうと推察される。

ミステリの世界に入門した青年の遍歴を描いた本書は、読者を愉しいミステリの世界へ導こうとする招待状でもある。どうかこの招待状を受け取って、本篇自体の謎解きを堪能するとともに、ガイドブックとしても役立ててほしい。

本作品は二〇〇七年一二月、小社より刊行されました。

双葉文庫

さ-34-01

先生《せんせい》と僕《ぼく》

2011年12月18日　第 1 刷発行
2017年10月16日　第19刷発行

【著者】
坂木司《さかきつかさ》

【発行者】
稲垣潔
【発行所】
株式会社双葉社
〒162-8540 東京都新宿区東五軒町3番28号
［電話］03-5261-4818(営業)　03-5261-4840(編集)
www.futabasha.co.jp
(双葉社の書籍・コミックが買えます)
【印刷所】
大日本印刷株式会社
【製本所】
株式会社宮本製本所

【表紙・扉絵】南伸坊
【フォーマット・デザイン】日下潤一
【フォーマットデジタル印字】恒和プロセス

ISBN978-4-575-51472-8 C0193
Printed in Japan